고영옥 수필집

좋은출판

책을 펴내며

한 송이 들꽃도 새삼스럽고 발밑에 밟히는 잡초도 감격
스럽기만 합니다. 세상 모든 것이 더없이 소중합니다.

"밥은 먹었어?"
"어디 아파?"
으레 하는 대화에서도 새록새록 정감을 느끼게 됩니다.
멀찌감치 떨어진 풍경에서도 바람소리, 꽃내음을 느낄
수 있는 게 황혼인가 봅니다.

이렇듯 살아온 모든 시간이 아름답게 보일 때, 그 세월의
작은 의미라도 나누고 싶어 작품집을 세상에 내놓습니다.

잘 차려입고 나선 것이 아니라, 문을 나서는 용기를 낸 것입니다. 일리一理의 공감共感이라도 족한 마음입니다.

이 작품집은 제 삶의 고백입니다. 지난 삶을 복기하며 올여름을 뜨겁게 보냈습니다. 한 편, 한 편에 수십 년의 세월을 켜켜이 접어놓기가 쉽지 않았습니다.

숨 가쁜 자맥질을 끝낸 바다여인(海女)처럼 이제야 비로소 안도의 한숨이 나옵니다.

인사할 분들이 있네요. 아주 많아서 감사하네요.

먼저 나의 나 된 것은 하나님의 은혜임을 고백하고 찬미합니다. 또한, 이 책이 나오기까지 이끌어 주신 김홍은 교수님께 감사를 드립니다.

평생의 도반道伴인 남편, 내 삶의 이유인 가족, 그리고 지켜봐 주신 문우님들, 특히 이귀란 소설가님께 고마움을 전합니다. 마지막으로 정은출판사 관계자 여러분께도 감사인사를 드립니다.

2014년 9월

고영옥

복기는 너의 눈으로 나를 보는 것과도 같다

차 례

1부 복기

2부 향수

5부 혈류를 찾아서

1부 복기

복기는 너의 눈으로 나를 보는 것과도 같다

복기復棋

초등학교 3학년인 손자 녀석이 바둑대회에 출전한다기에 응원하러 갔다. 수백 명의 눈동자가 바둑판 위에 정지되고 달그락 달그락 바둑돌 소리만 고요를 깨뜨렸다. 이채로운 장면이다. 아마추어 승단시험을 겸한다고 하니 '알까기' 놀이는 아닌가 보다. 응원석에 앉자마자 녀석의 뒤통수를 찾아냈다. 놀라운 스캐닝 실력에 웃음이 샌다.

"할아버지, 예선 통과했어요."

찰랑거리는 머리카락을 날리며 달려온 녀석은 양 볼이 발그레하다. 언제나 어미 곁을 맴도는 어리광쟁이지만 이 순간만큼은 누구를 먼저 불러야 할지 아는 영특한 아이다. 잠깐 제 할아버지 품에서 쫑알거리다가 본선을 치르기 위해서 대국장으로 향한다. 괜스레 헛기침을 해보지만, 녀석은 아는지 모르는지 빠르게 지나친다. 그래도 녀석의 뒤통수만큼은 내 차지다.

대국은 토너먼트 형식이다. 대국장 안에 남는 아이들 숫자는 점점 줄어들고, 내 눈에 비친 녀석 모습은 점점 커진다. 마지막 준결승전을 치를 때까지 녀석의 모습은 거기에 있었다. 가슴이 풍선처럼 부푼다. '이러다가 설마?' 내 머릿속에는 벌써 녀석의 우승 광경이 그려진다. 호흡이 빨라진다. 남편도 같은 생각을 하는지 긴장하면 습관처럼 내뱉는 헛기침을 연거푸 해댄다. 거의 거드름 수준이다.

결승전만 남았다.

'이번에는 누가 일어나 나올까?'

제발 녀석이 아니기를 나름 진지하게 기도해본다. 그러나 바람과는 달리 시무룩하니 나온 건 녀석이다. 별말이 없다.

'이크, 긴장 모드다.'

아니나 다를까 드디어 녀석의 입이 터지면서 흥분했던 분위기가 수그러든다. '다 이긴 판을 졌다'며 제 할아버지에게 이러쿵저러쿵 상황을 설명하는데 끼어들 틈이 없다. '충분히 잘했다'는 말을 해 주어도 위로가 되지 못하나 보다. 그런데 이게 웬일, 한참을 징징거리던 녀석이 복기하겠 단다.

'복기라….'

예상치 못한 폭탄이 터졌다.

300알이나 되는 바둑돌을 다시 놓겠단다. 꼼짝없이 이 자리에서 벌서게 생겼다. 근데 그게 과연 가능한 일일까? 틈만 나면 바둑판을 꺼내놓는 남편도 못하는 거란다.

'이 양반은 순 엉터리였군.'

아무튼, 녀석은 복기할 수 있단다. 단 한 수도 무심히 놓 지 않았다는 이야기다. 신기하다.

인생을 거대한 바둑판에 비유하면 하루하루가 바둑판 위에 두어지는 한 알의 돌이 되겠다. 살면서 의미가 소멸하 지 않은 참된 돌은 과연 몇 개나 될까? 탁월한 선택으로 빛 을 보는 순간이 있는가 하면 잘못된 선택으로 손해를 보거 나 고통을 받아야 했던 날들도 있었다. 그때 왜 그런 결정 을 하게 되었는지를 꼼꼼하게 되짚어 보는 일이야말로 인 생 복기이리라.

복기는 너의 눈으로 나를 보는 것과도 같다. 철저하게 객 관적 입장에서 그때 그 장면에서 두었던 수가 상대의 눈에 어떻게 비춰졌는지 돌아보면 비로소 실수가 눈에 보이고 완착과 패착, 헛수와 자충수도 선명하게 보인다고 한다. 사람이 제 눈으로 자기 얼굴을 볼 수 없는 것은 남의 눈으로 자신을 살피라는 섭리이리라.

과거를 지울 수는 없는 일이다. 그러나 살면서 똑같은 실수를 범하지 않고 또 다른 미래에 후회를 줄이기 위함이라면 복기만 한 게 어디에 또 있을까.

내 삶에 그런 복기가 있었던가? 있다면 무엇을 복기로 쳐주어야 할지 기억을 더듬어 본다. 중학교 시절 한문선생님이 오답 노트를 만들게 한 것이 그런 걸까? 틀린 문제를 꼼꼼하게 점검하여 머리에 새기는 작업이니 대충 비슷한 것 같다. 초등학교 시절, 방학숙제였던 일기도 그렇다. 가끔은 개학 직전 한꺼번에 몰아 쓰느라 나름 고단하기도 했지만, 하루의 삶을 돌아보는 일과이니 이 또한 복기라면 복기일 수 있으리라. 그것뿐일까?

가만, 내 인생의 획을 그을만한 복기는 어느 때쯤이었던가? 같은 실수를 반복하지 않기 위해서 삶의 궤적을 진지하게 점검해 본 적이 몇 번이나 있었던가? 별로 기억나지 않는다. 허겁지겁 앞만 보고 달려왔다는 핑계만 자욱하다. 진지한 성찰 없이 자기 자리만 고집하는 '코나투스conatus'의 욕망에 전도되어 납작하게 대처한 무모함만 돋보인다.

이제 내 나이 이순의 고개를 훌쩍 지났다. 삶이 헐거워진 틈으로 많은 생각이 교차한다. 식사를 줄여 조금씩 하면 몸이 건강해지고, 인간관계를 줄이면 정신건강에 좋다 하더니 힘이 빠지니까 되레 정신이 맑아진다.

삶의 깨달음은 왜 이렇게 늦게 당도하는지. 이제라도 복기한다면 늦은 걸까? 보일 때 보는 것도 일리一理로 충분하다. 다음 판이 없다 해도 복기하리라. 내일 종말이 온다 해도 오늘 한 그루 사과나무를 심겠노라는 스피노자의 심정이 되어 복기에 임하리라. 復棋

호미를 다시 잡으며

나는 스물다섯 살 초여름에 농부의 아들에게 시집을 갔다. 주로 도시에서 살아온 나에게 농촌은 상록수의 꿈이 펼쳐지는 낭만적 공간처럼 느껴졌다. 시집가는 길, 미루나무가 줄지어 선 신작로에서 고샅길로 접어드니 갓 모내기를 마친 길 옆의 논에서 어린모들이 바람에 살랑댄다. 새색시를 맞이하는 인사처럼 느껴져서 즐거웠다. 마을을 띠처럼 두르고 꿈틀대는 탄천은 살아있음을 온몸으로 느끼게 해 주었다. 동네 아낙들의 모습도 보였다. 나도 저렇게 되겠지. 제법 숙련된 아낙처럼 차려입고 이불 홑청을 빨아 널고, 목화솜 이불을 부풀리는 상상만으로도 내 마음은 피어올랐다. 땀을 흘리며 땅을 갈아엎는 모습도 동네 아이들 흙

장난처럼 즐거워 보였다.

시_씨월드에 전입한 첫날밤까지는 그랬다.

다음 날 아침부터 시작된 농촌 생활은 나의 분홍빛 꿈을 하나씩 무너뜨리기 시작했다. 이제 갓 입대한 신병과도 같은 내게 주어진 임무는 너무 무거웠다. 노인성치매를 앓고 계시는 조부님을 모셔야 했고, 십 수 명에 달하는 가족과 일꾼들의 식사 수발을 감당해야 했다. 삼시 세끼 외에도 두 번의 새참을 준비해야 했다. 밥하고, 설거지하기도 버거운데, 청소 등등 허드렛일은 왜 그렇게 많은지. 발바닥에 땀이 차서 고무신이 미끄러지기가 일쑤였지만 릴레이 선수처럼 여기저기서 바통을 받아 온종일 숨 가쁘게 뛰었다. 그러다가 잠깐이라도 숨을 돌릴라치면 시조부께서 불러들이셨다. 아무리 노인성 질환이라고 하더라도 그 정도가 심하셨기에 진이 빠지기 십상이었다. 방문으로 다가설 때 훅 끼쳐오던 냄새, 그 당혹감은 지금 생각해도 고개가 설레설레 저어진다. 첫 아기가 유산되는 어이없고 기막힌 일이 벌어지기도 했다. 알베르 카뮈의 시시포스Sisyphus의 고역인들 이보다 더하랴 싶어 울기도 많이 울었다.

우리의 첫 사업인 배나무에 고만고만한 열매들이 방실거리던 어느 날, 국가에서 토지 수용령이 떨어졌다. 여의도에 있던 군용 비행장이 우리 마을로 이주한단다. 군사 정권의 결정은 뒤집을 수 있는 것이 아니었다. 주민들은 몇 차례에 걸쳐 반대도 하고 호소도 해 보았지만, 결국 시댁은 헐값에 고향 땅과 집을 다 내놓아야 했다. 내가 이 터전을 받아 안으려고 어떤 고생을 했는데….

생각할수록 어이없고 화가 났다. 그런데 분노 속에서도 이율배반적인 마음이 조금씩 고개를 들기 시작했다. '혹, 이 기회가 나에게 지긋지긋한 시골에서의 탈출구가 되지 않을까?' 하는.

마침 남편이 서울에 있는 회사에 취업이 되었다. 보상받은 땅 값으로 주변 농지를 얻을 수도 있었지만, 남편은 전혀 엉뚱한 방법을 택한 것이다. 시아버님은 내 땅에서 살아야지 뭐 하러 남의 머슴살이를 하느냐며 노발대발하셨지만 나는 속으로 쾌재를 부르며 찬성했다. 말은 안 했지만, 남편도 내 어깨에 지워진 삶의 무게를 덜어주고자 했던 것 같다. 그렇게 내 젊은 날의 한 챕터는 일기장 한 편으로 접혀 넘어갔다.

우리 식구들은 도시로 왔고 십 수 년이 지났을 때다. 배밭을 팔아서 챙긴 보상금으로 살만한 집도 샀고, 도시 생활은 수월하게 적응할 수 있었다. 아이들도 잘 자랐다. 그런데 어느 날인가부터 배가 아파 왔다. 예상치 못한 뜻밖의 소식 때문이다. 옛 시댁 근처로 분당신도시가 들어온 것이다. 당시 어리던 시동생은 그때 아버님이 마련한 집과 널찍한 텃밭을 물려받아 큰 부자가 되었다. 우리도 시아버님이 말씀하시던 대로 선산 근처에 땅이라도 사서 정착했다면, 삶이 달라질 수 있었을 건데…, 하고 후회했지만 때는 이미 지나가 버렸다.

정말 혼란스러운 게 인생이다. 십여 년의 외출치고는 너무 큰 대가를 치른 셈이다. 사촌이 땅을 사면 배가 아프다 했던가? 나는 아픈 배를 문지르며 잔잔해지기를 기다렸다.

남편의 고향을 떠난 지 벌써 사십 년의 세월이 지났다. 그동안 남편은 회사를 퇴직하고, 조그마한 사업도 했었다. 세월을 돌고 돌아 이제 우리 부부는 다시 농군으로 돌아와 텃밭을 일군다. 남편은 삐거덕거리는 허리로도 열심히 일한다. 천생 농사꾼이 나 때문에 사십 년을 바깥으로 돈 것인가 싶다. 미안한 마음에 뙤약볕 아래에서 의무적인 호미질이 더 뜨겁다.

　다시 그 시절로 돌아간다면 어떨까? 머물 수 있을까? 아니면 또 떠났을까? 명쾌하게 답이 서지 않는다. 에고, 머릿속이 복잡할 때는 그저 단순 노동이 최고다. 호밋자루를 쥔 손에 힘이 들어간다. 흙냄새가 사방으로 튄다. 復樣

멍에

영정을 모신 검은 캐딜락이 서서히 성수대교를 벗어나고 있다. 장의차에서 내려다 본 한강은 간간히 은빛 잔물결을 반짝일 뿐 평온하게 흐른다. 저 강江도 아버지처럼 수많은 사연을 가슴에 녹여낸 채 말없이 흐른다.

지난 3일간 북새통을 이룬 장례일정의 끝자락이나마 이런 순간을 갖게 되어 다행이다. 90여 년 세월 아버지가 정말 바라신 것은 이런 고요함이 아니었을까? 말없이 흐르는 강물도 아버지를 애도哀悼한다. 이 적요함이 이제는 기억으로만 만날 수 있는 아버지를 다시금 떠올리게 한다.

휴전선을 넘어온 실향민들에게 타향살이는 녹록지 않았

다. 히브리인들의 엑소더스Exodus는 결국 가나안이란 정착지로 귀결되건만 아버지의 엑소더스는 마지막까지 황량한 광야였다. 결계를 풀지 않는 꼿꼿함으로 끝날까지 광야길을 버티셨지만, 그것이 멍에가 되어 더더욱 외롭게 하였다. 그러나 그럴 수밖에 없었으리라. 광야길에서 안주는 죽음보다 못한 치욕이었을 테니까.

지금 생각하니 그렇다. 교직에 계실 때에도 군사 정권에 협조하지 않아 좌천되고 좌천되다 결국 사임할 수밖에 없었던 것도, 자식들의 작은 흠집에도 엄격할 수밖에 없었던 것도 다 거친 광야를 살아내는 방식이었을 것이다. 그러나 가족 중 아무도 아버지를 이해하지 못했다. 아니 이해하려하지 않았다. 그저 가난이 싫었고, 아버지로 인해 숨 막혀했다. 아버지는 그렇게 60년 세월을 이방인으로 사셨으니, 고역에 복무한 시간만 따지면 그 옛날 히브리인들보다 더긴 셈이다.

90세가 넘도록 손에서 책을 놓지 못하고, 자녀들에게 편지로나마 성경공부를 시켜야 했던 것은 죽기까지 포기하지 못한 당신만의 사명, 영혼의 경주競走였다. 육체의 쇠잔함도 질린 기색이 역력한 자녀들의 반응도 아버지의 질주를 막을 수는 없었다. 그렇게 달려가야 할 길을 끝까지 달리셨다.

그러나 나에겐 살가운 기억도 꽤 많이 남아있다. 화롯불 앞에서 군밤도 까 주시고 동화를 들려주시던 일은 어제인 듯 생생하기만 하다.

어느 가을날엔 기별도 없이 오서서는 백화점에 가자고 서두르셨다. 어머니의 외투를 고르시는데 매장 안에서 제일 좋고 비싼 것을 선택하셨다. 이게 웬 호기인가? 어머니는 거동이 불편하여 바깥출입도 어려운데 값나가는 옷이라니…. 너무 낯설고, 당황스러웠다. 계산대에 선 나를 강하게 밀치고 오늘은 반드시 당신이 결제해야 한다고 우기셨다. 평생, 사치라고는 모르던 양반이 그날은 달랐다. 말려서 될 일이 아니었다. 수십 년의 고생을 옷 한 벌에 퉁치시는 모습은 마초의 행보와 다르지 않았으나 그 속마음은 다르다는 것을 알 수 있었다. 생의 마지막 숙제를 하는 순간 같기도 하고, 엄숙한 의식을 치르는 제사장 같기도 했다.

어머니는 이듬해 봄에 세상을 떠나셨다. 그 외투를 입을 기회는 몇 번 안 됐지만, 장롱에 고이 모셔두고 그저 바라보는 것만으로도 행복하셨으리라. 어머니 가시고 40일을 더 사셨다. 아내를 마지막까지 지켜주려는 속 깊은 배려였으리라.

사력을 다하여 걸은 마지막 40일의 광야길, 정신이 돌아올 때마다 가실 날짜를 암시했다. 숟가락 들기도 힘든 손을 내밀어 일일이 악수를 청했다. 평생토록 감추었던 가슴 아린 사랑을 퍼즐 조각 맞추듯 하나의 그림으로 완성하는 마무리 작업이었다. 마음의 짐을 내려놓은 손은 깃털처럼 가벼웠다. 곧 육신의 짐도 내려놓으시려나 보다.

"왔구나. 고맙다. 잘 살아라."

병실을 찾은 가족들 모두 아버지의 이야기를 귀담아들었다. 토씨 하나라도 놓칠세라 촉을 세웠다. 지난 수십 년간 주옥같은 말씀을 하실 때에는 도무지 귀를 기울이지 않더니 이제야 들으려고 한다. 그러나 더 들을 수는 없었다. 그저 몇 마디 하시고는 잠이 드셨다. 평안하게….

나는 파르르 떨리는 손을 들어 머리를 쓸어 드렸다. 이제 그만 멍에를 벗겨드려야 할 때이다. 순간 아버지의 멍에가 내 어깨로 내려앉는 느낌이다. 이상하다. 무겁지 않다. 무거운 것은 다 가지고 가실 셈인가 보다. 다시 평안한 얼굴을 본다.

"이게 저에게 남긴 유산이군요."

나는 대代를 이어 아버지를, 그의 삶을 기꺼이 받아 안았다.

누군가 차창을 똑똑 두드렸다. 퍼뜩 정신을 차리고 보니 꿈을 꾸고 난 느낌이다. 장지에 도착했나 보다. 모두 차에서 내리고 있다. 4월의 바람은 아직 차가운데 햇살마저 먹구름 속에서 얼굴을 드러내지 않는다. 어쩌면 해님도 구름 속에서 숨죽여 울고 있지는 않을까.

"아~ 아버지 60여 년 동안 내 옆에 계셔 주셔서 고맙습니다."

평소에는 식상하던 이 한마디가 이렇게 절실할 줄이야.

復棋

기준점

저 멀리 마라도가 가물거린다. 하늘이 바다인지 바다가 하늘인지 분간이 되질 않는다. 시원스레 물보라를 날리며 달려가 바람의 손을 잡고 마라도에 내렸다. 뱃멀미보다 진한 현기증이 인다. 아직 배 위에 선 듯 발밑이 흔들린다. 흔들림이 없는 곳에서 더 흔들리는 건 또 뭐란 말인가. 조심스럽게 발을 내딛는다.

마라도를 휘휘 돌다보니 '국가기준점'이라는 표식이 눈에 띈다. 이곳을 기준으로 삼아 우리나라 국토의 측량이 이루어진다고 한다. 이를테면 대한민국 최남단 마라도는 대한민국의 시작이자, 끝을 알리는 기준점이다. 돌에 새겨진 '기준점'이란 글자가 어렴풋한 옛 기억을 되살린다.

체육 시간이다.

엄한 얼굴을 한 선생님이 '기준'을 정해놓고 헤쳤다 모아놓기를 수없이 반복시킨다. '기준'을 맡은 친구는 그 자리에 뿌리라도 내린 듯 움직이지 않아야 하고 주위에 친구들만 연신 뛴다. 그래야 했다. 그런데 어쩌다 기준이 된 친구가 같이 뛰는 날에는 대오가 뒤죽박죽된다. 덕분에 토끼뜀으로 운동장을 몇 번이고 돌았다. 기준이 흔들리지 않아야 질서가 잡힌다. 나름대로 그 기준에 맞추어야 할 것들이 너무 많다.

나이가 들면서 이 기준을 넘나드는 것이 많아진다. 요즘 기준보다 높은 체지방의 수치를 줄여보려고 열심히 근력 운동을 한다. 혈압이나 혈당수치도 수시로 점검한다. 우리 몸에도 나름의 기준점이 있다. 36.5도의 체온이 기준이 되듯이 맞추어야 할 기준이 있다. 이 기준을 넘어서는 순간 위험하다.

인생 또한 그러하다. 수많은 기준이 존재한다. 옛 사람들은 자장가에도 그런 기준을 담았었다. '나라에는 충신동이 부모에게 효자동이 형제간에 우애동이 일가친척 화목동이….' 수없이 부르고 또 불러 가슴에 새겨주었다.

　요즘 들어서는 우리 조상님들이 으뜸으로 여기며 깃발처럼 흔들던 삶의 덕목들이 빛을 잃고 바래져 간다. 그 소중한 가르침이 시대 상황을 읽어내지 못하는 돈키호테 같은 사람들이나 들먹이는 전 근대적 사고방식이라고 외면당하는 실정이다. 이런 기준들을 지켜온 세월이 오늘을 있게한 것이거늘….

　사는 게 참 복잡해졌다. 나같은 사람들은 휴대전화 사용하는 것도 일이다. 이처럼 복잡하고 바쁜 시대를 사는 젊은 이들이 말하는 것이 정답처럼 여겨진다. 그런데 정말 그러한가? 그들이 이 사회의 기준이라 할 수 있는가? 그렇다면 인간의 도리를 저버린 숱한 사건은 또 무어란 말인가? 흔들리는 기준 때문에 우리 같은 노인들까지 토끼뜀을 뛰며 뺑뺑이를 도는 것은 아닐는지.

　오늘 마라도에 세워진 여여如如한 기준점에서 흔들리는 마음을 다시 잡아본다. 復朞

어머니의 안경

꽃샘추위가 한참이던 지난 3월 어머니는 조용히 눈을 감으셨다. 편안하게 감은 눈가에는 희미하게 안경 자국이 남아 있었다. '슬픈 날엔 찬송을 불러라. 그러면 고요한 평화가 찾아온다.'고 당부하셨지만, 정작 떠나시던 그 시간조차 찬송보다는 오열이 먼저 터져 나왔다. 평생 어머니의 말씀은 으레 그러려니 하고 넘겼는데 또 그랬다고 생각하니 가슴이 내려앉는다. 그래서 또 운다.

왜 몰랐을까? 흥얼거리던 찬송가 곡조에 접힌 슬픔을. 허구한 날, 찬송을 노랫가락 읊조리듯이 부르시던 어머니, 얼마나 삶이 서글펐으면 그리도 찬송을 입에서 놓지 않으셨을까. 나는 억장이 무너져 도저히 찬송을 부를 수가 없었다. 내 기억에 어머니는 늘 아버지 등 뒤에 계셨다. 무조건 순종하고 자신의 목소리를 내지 못하는 어머니를 자식 중 누구도 주목하지 않았고, 어머니 말씀은 그냥저냥 흘려들었다. 그런데 오늘따라 그 말씀이 이리도 무거울까? 궂은 날에 도지는 신경통처럼 내 영혼의 마디마디가 아프다.

　며칠 뒤 어머니의 유품을 정리했다. 장롱 문을 여니 쌓여있는 옷더미에서 어머니의 냄새가 난다. '이크, 노인 냄새.' 하면서도 눈물이 난다. '이런 걸 뭐하러 두었담. 진즉 버리지.' 혼자 타박하다가 또 운다. 별반 정리할 것이 없는 화장대를 보니 더 서럽다. 언제 어머니의 화장대를 눈여겨보았던가. 자식이 아홉이나 되는데 제대로 된 '동동 구리무 cream' 하나 없다. 늘 아버지를 먼저 챙기던 모습 때문에 그랬을까? 자식들에게 어머니는 이처럼 희미한 존재였다.

　수많은 언어가 소리 없이 가슴을 훑고 지나간다. 속 깊이 쌓아둔 어머니의 언어들이…. 나도 모르게 꺼억거리며 어머니에게 묻는다.

　'엄마, 이게 다야?'

　그래도 뭔가 유품이라 할 만한 것을 남기신 것이 있을까 싶어 이곳저곳을 뒤적거려본다. 그러다가 화장대 옆 작은 탁자에 놓인 안경이 눈에 띄었다. 성경을 보실 때마다 썼던 것이다. 덩그러니 놓여있는 안경을 조심스럽게 쓰고는 어머니처럼 앉아서 성경을 보았다. 잘 보인다. 이번에는 고개를 들어 화장대에 달린 거울을 보았다. 잘 어울린다. 내가 엄마고 엄마가 나다. 거울 속에서 어머니의 모습이 어른거린다.

딸 집에 다니러 오신 어머니는 새벽이 어슴푸레 열리면 부스럭부스럭 일어나 앉으셨다. 구부정한 등을 쪼그리고 앉아 제일 먼저 안경을 닦으셨다. 깨끗하게 닦인 것 같아도 한참을 더 문지르는 동작에는 정갈한 아름다움이 숨어 있었다. 마음을 닦아내듯 구석구석 말갛게 공들여 닦은 후에야 성경을 읽으셨다. 어머니께 새벽 시간만큼 중요한 시간은 없었다. 그 시간은 자식들의 고통이나 아픔, 작은 생채기까지도 다독여주는 원초적인 사랑의 시간이었다. 가족들에게 밀어닥치는 어려움을 보다 큰 힘에 맡기는 엄숙한 시간이기도 했다. 생각해보면 어머니 삶에서 새벽이 없었더라면 어땠을까, 새벽은 당신이 기댈 생의 안식처였고 피난처였으리라.

나도 어머니처럼 안경을 닦는다.

'엄마, 이거 내 거 해도 되지?'

대답 없는 질문을 하며 안경 매무시를 고쳐본다. 역시 잘 어울린다. 만날 타박 받던 어머니였는데 오늘은 느낌이 다르다. 어눌하고 굼뜬 모습까지 흉내 낸다. 싫지 않다. 어머니의 안경을 쓰고 어머니를 보니 자식 입장에서 보던 것과는 확연히 다르다. 세상이 넉넉하게 보인다. 앙칼진 목소리로 언거번거하던 자식들조차 예쁘게 보인다.

그러고 보니 내 나이 칠십이 다 되어서야 어머니의 안경을 썼다. 세상을 보는 렌즈가 바뀌었다. 일상의 시시비비를 가리고, 상황에 천착하며, 세상을 향해 자신을 증명하려던 일체의 거품이 가라앉는다. 그것보다 정성스레 안경알을 닦는 일에 더 마음이 간다. 매일 새벽마다 정성껏 안경알을 닦는 것이 나만의 기도가 된다. 하루 동안 무엇을 볼 수 있을까 하는 기대보다 어떻게 볼까 하는 마음이 정겹다. 새벽마다 흥겨운 궁상을 떤다.

'엄마, 고마워! 復憶

둥근 새

창밖으로 펼쳐진 설원은 한밤중임에도 대낮처럼 밝다.

날렵하게 곡선을 그으며 전율을 느끼는 표정들을 가까이서 보고 싶었다. 오늘은 마음먹고 야간 스키어들 틈에 끼어 보기로 하였다. 새처럼 가볍게 날아 내리는 스키어들을 보고 있노라면 내 어깨에도 날개가 돋을 것만 같아서이다.

긴 복도를 지나 콘도 문을 나서니 금세 인파 속으로 빨려 들어간다. 뽀드득뽀드득 눈을 밟으며 스키장 입구에 들어섰다. 커다란 이글루가 여기저기 엎디어 있다. 북극 나라에라도 온 느낌이다. 저만치서 펭귄의 무리가 나처럼 뒤뚱거리며 걸어올 것만 같다. 눈송이가 하나둘 날리더니 어느새 빼꼭하니 흰나비가 되어 날아 내린다. 환상의 설원이 펼쳐진다.

멋진 스키복 차림으로 활보하는 사람들 틈으로 나를 밀어 넣었다. 빨간 스키복에 고글을 맵시 있게 쓴 여성 스키어가 장성한 자식들과 어깨를 나란히 걸어가는 모습에서 눈을 뗄 수가 없다. 저렇듯 겉모습이 세련되었으니 그 인격마저 돋보이는 느낌이다.

학창시절 체육 선생님께서는 건강한 몸에 건전한 정신이 깃든다고 가르치셨다. 스포츠맨십, 페어플레이, 협동심, 인내심, 극기 정신 등을 침 튀기며 설명하셨다. 스포츠를 통해 내면적인 그 무엇을 고양하는 데까지를 깊이 있게 이해시키려고 애쓰셨다. 교육의 효과였을까. 겉모습을 치장하는 건 순전히 속사람의 품격을 끌어올리기 위한 수단이라고 생각하며 살아왔다. 헌데 요즈음에 와서는 스포츠가 오직 날씬한 몸이 궁극적인 목표가 되는 '외면적인 멋'으로 바뀌는 것만 같아 안타깝다.

부모님은 내게 튼튼한 다리를 물려주셨다. 초등학교 6년 내내 릴레이 선수였고 고무줄놀이나 줄넘기를 해도 친구들은 같은 편이 되고 싶어 했다. 아버지의 반대만 아니었더라면 우리 학교 핸드볼팀이 전국을 제패하는 역사의 현장에 주역이 되었을 것이다. 그러나 스키와는 거리가 멀었다. 우리가 자라던 시절에는 스키는 경비가 만만치 않아 쉽게 접하여 즐길 수 없는 레저였다. 이제는 일반화되어 자식들이 이렇게 장을 마련해주는 데도 구경만 하게 되다니…. 자신하던 다리가 말썽일 줄이야.

오래전에 읽은 『둥근 새』라는 동화가 떠오른다.

'작고 둥근 새는 몸이 동그랗고 날개가 작아서 날 수가 없었다. 둥근 새는 힘겹게 나무 위로 올라가 힘을 다해 날개를 퍼덕이며 날아보았지만 매번 그냥 떨어져 버렸다. 마침 나무 밑에 나뭇잎이 수북하게 쌓여 있어 다행이었다. 둥근 새는 자신이 아주 많이 원하고 노력해도 할 수 없는 일이 있다는 것을 알았다. 둥근 새는 나는 것을 포기하고 자기만이 할 수 있는 일이 무엇인지 골똘하게 생각하기 시작했다.'는 내용이다.

나는 동화 할머니로, 좋은 소재다 싶으면 말랑말랑해지도록 매만져서 아이들 앞에 곱게 풀어낸다. 헌데 이 동화를 읽고는 뭐 이렇게 싱거운 동화가 있나 싶어 밀쳐놓았다. 고진감래苦盡甘來의 암시도 보이지 않고 이야기 전개도 너무 밋밋하다고 생각해서였다. 그런데 요즘 내가 동화주인공 처지와 비슷해지자 그 진가를 알게 되었다. 포기하는 데에도 용기가 필요하다는 것을.

할머니 동화선생님을 선호하는 이유를 알 것 같다. 삶의 경륜에서 우러난 지혜와 직관으로 다양한 소재를 녹여 아이들에게 다가가는 원숙함을 기대해서이리라. 그 부름에 부응하기 위하여 나는 둥근 새처럼 노력한다. 어떤 상황에서도 지혜롭게 적응할 수 있는 건강한 아이들의 모습을 그리면서 ….

'둥근 새는 나는 것을 포기하고 둥근 새만이 할 수 있는 일이 무엇인지 골똘하게 생각하기 시작했습니다.'라는 끝맺음에 집중하면서 이야기의 전개를 좀 더 섬세하게 매만지고 싶어진다. 제2 제3의 상대역도 등장시켜 이해의 폭을 넓힐 수 있도록 개작을 하고 교구도 준비해야겠다.

곤돌라를 타고 오르내리며 흰 눈 위에 햇살이 부서지는 설산의 풍경에 매료되었다. 손자 손녀가 있는 눈썰매장쪽으로 가 보았다. 녀석들은 둥그런 썰매 위에 올라앉아 바람처럼 날렵하게 미끄러져 내려온다. 녀석들 성화에 못 이겨 에스컬레이터를 타고 꼭대기로 올라가 눈썰매에 앉았다. 썰매의 손잡이를 꼭 잡고 다리는 썰매 위에 가만히 올려만 놓으면 되었다.

드디어 미끄러져 내려간다. 속력이 나는가 싶더니 빙그

르르 돌기도 한다. 싸늘한 겨울바람을 가르며 설원을 달린
다. 가슴이 뻥 뚫리는 상쾌함, 나는 한 마리 날렵한 새가 되
었다. 둥근 새도 날지는 못하지만 이렇게 둥글둥글 제 몸을
궁굴리면서 행복을 찾아가겠지. 復棋

콘트라베이스

가을비가 내린다. 유리창을 두드리는 빗방울 소리는 어느새 실내로 들어와 발라드가 되어 사유의 현 위에 내려앉는다.

앞줄에는 바이올린들이 소곤거리며 소리를 고르고, 다음 줄에는 비올라 첼로가 기지개를 켜며 준비를 시작한다. 뒷줄에서는 콘트라베이스가 의젓하게 소리를 낮추어 헛기침으로 조율한다. 피아노의 맑고 영롱한 소리가 가볍게 터치를 시작하니 연주가 시작되었다.

피아니시모로 시작되는 감미로운 선율에 가을의 서정이 더해지니 마음이 차분히 내려앉아 비단처럼 부드러워진다. 늘 음악 가까이 있고 싶은 것은 여러 소리가 어우러져

서 만들어내는 절묘한 화음에 저절로 빠져들기 때문이다. 귀를 한껏 열어 조용히 듣고 있으면 잔잔한 감동이 평화를 가져다준다.

비발디의 사계는 계절의 변화를 진하게 울려주는가 하면 베토벤의 운명에서는 죽음 앞에 선 인간의 나약한 모습을 발견하기도 한다. 음악을 듣고 있자면 음률 속으로 빠져들어 구름사다리를 타고 무지개를 타는가 하면, 악마에게 휘둘리며 지옥을 경험하기도 한다.

나는 이런 감정의 흐름을 아끼면서 즐긴다. 특히 현악이 좋아 일요일마다 찬양대 현악 반주 가까운 곳에 자리를 잡고 앉는다. 해를 거듭하다 보니 현악을 통해 깨끗하고 고결한 음악이 내게 전달되는 것을 느낀다.

그중에서도 잘 조율된 바이올린의 선율은 내 마음을 사로잡는다. 달콤하게 속삭이는가 하면 애절하게 호소해오고 때로는 고음 특유의 화려한 선율을 담아내는 그 흐름을 가슴 설레며 따라다니다 보면, 다른 악기에는 귀 기울일 여력이 없다. 칭찬과 박수를 한몸에 받으며 자랑스러운 듯 수줍은 듯 현을 떨며 애교스럽게 토해내는 음률은 요염한 여인의 웃음소리 같기도 하다.

언제부터인가는 비올라와 첼로의 또 다른 매력에 취하

여 각각의 맛을 알아 가게 되었다. 비올라의 깊이 있는 울림을 듣고 있으면 우울한 것 같으면서도 엄마 품속처럼 편안해 오는 느낌이다. 때로는 괜스레 울음주머니를 자극하기도 한다. 첼로의 깊고 그윽한 울림은 인간의 목소리를 닮은 듯하다. 저음과 고음까지 자유자재로 넘나드는 풍성함이 여유롭다. 가끔은 비올라의 선율을 따라가 보고, 첼로의 선율을 타며 한 마리 나비 되어 날아다닌다. 얕은 실력으로는 미로 찾기와 같이 어려운 일이지만 그래서 더 재미가 쏠쏠하다. 그러다 보니 어느새 내 귀는 나팔꽃이 되어 그들과 이야기를 나눈다.

근래에 와서는 왠지 콘트라베이스에 자주 눈길이 가고 그 선율을 음미하게 된다. 늘 뒷자리에 앉아 넉넉하고 푸근한 저음으로 여러 소리를 감싸 안아 멋진 조화를 이루어 내는 통 큰 악기가 예사로 보이지 않는다. 고음을 자랑하는 바이올린이나 풍성한 소리를 담아내는 첼로만큼 박수와 사랑을 받지는 못하지만, 절망하지 않고 오직 자신이 맡은 저음을 묵묵히 감당해 내는 모습이 참으로 미덥고 든든하다.

악기 하나하나의 도드라진 개성이 어우러져 원숙한 조화를 만들어 내는 것이 현악 4중주의 매력이요 본분이다.

수없이 갈고 닦아서 만들어진 장엄하고 아름다운 화음은 미완의 세계에서 완성 단계로의 성숙을 가져다준다.

어디 음악에서뿐이겠는가? 우리네 삶도 너와 내가 조화롭게 어우러질 때 비로소 살맛이 나는 세상, 향기로운 세상이 되지 않던가.

어둠이 있어야 빛이 드러나는 것처럼 저음이 있어야 고음도 아름다울 수 있다. 매력적인 고음을 칭찬하고 대낮의 밝음을 환호함이 무에 그리 대수이겠는가? 살다 보면 박수받을 일만 있는 것이 아니라 등외로 밀려나기도 하고 곤두박질을 치는 경우도 종종 있지 않았는가.

지나온 삶을 뒤돌아본다. 주인공이 되어보려고, 한 몸에 인기를 누려보려고 아등바등 살아온 듯하다. 매력적인 고음으로 선두에 서고 싶었고 더 높이 오르고 싶기도 하였으리라. 호소력 있는 풍성한 소리로 뭇 사람의 마음을 얻고도 싶었으리라. 누군가의 배경으로 남지 않고 우뚝해지려고 보이지 않는 전쟁을 해왔는지도 모르겠다.

이제는 다르다. 콘트라베이스의 넉넉한 품처럼 말없이 흡수하고 다독여 주는 역할이 내 자리라 여겨진다. 비록 한 몸에 사랑과 박수를 받지 못한다 해도, 내 인생에서마저도 주연으로 나서지 못하는 초라함도, 담담히 맞아들일 수 있는 편안함을 소유하고 싶다. 기꺼이 누군가의 배경이 되어 주기도 하고, 삶이 버거워 숨이 턱에 닿은 이들이 찾아와 쉬어가는 그늘이 되고도 싶다.

콘트라베이스의 여유를 닮고 싶다.

가을비 내리는 고즈넉한 아침이다. 이 계절의 끝으로 겨울이 올 것이다.

유리창을 두드리는 발라드의 명료한 몸짓을 받아 안고 깊은 심연을 두드리는 콘트라베이스의 저음에 조용히 귀 기울인다. 復棋

몽당연필

언제부터인가 우리 집의 명절은 북새통 속이다. 더구나 명절 끝은 피난민촌 같다.

소파에 함부로 내던져진 운동복 바지, 화장실에는 색색의 양말들이 뒤섞여 울상을 짓고 있다. 썰물처럼 빠져나간 자리를 정리하다 보니 손자 녀석의 필통이 눈에 띈다.

'저런! 필통을 두고 가서 어쩌나.'

괜스레 허둥대다 지퍼를 열어보았다. 반쯤 쓴 연필 한 자루와 몽땅한 것 두 자루, 그리고 크고 작은 지우개 3개가 사이좋게 누워 있다. 깎이고 깎인 작고 초라한 연필 토막, 닳고 닳아서 갖가지 모양으로 작아진 지우개, 흠집 난 자 모두 소중하고 정다워서 마음이 훈훈해진다.

'몽당연필이라!' 이 얼마나 반反 시대적인 흔적인가? 도무지 요즘 애들 물건이라고는 생각되지 않는다. 컴퓨터나 스마트폰으로 손쉽게 입력할 수 있는 요즘 아이들에게 몽당연필이 눈에 들어오기나 할까? 헌데 이 녀석은 몽당연필까지도 버리지 않고 쓰고 있다고 생각하니 가슴이 뿌듯하게 차오른다.

필통 속엔 녀석이 공부한 흔적이 고스란히 들어있다. 이렇게 연필이 작아질 때까지 고사리 손으로 글을 썼구나! 연필심에 침을 발라 꾹꾹 눌러쓰기를 거듭하면서 글자를 읽히고 덧셈 뺄셈능력도 키웠겠지. 지우개로 틀린 글자를 지우며 생각을 고치고 자로 반듯한 선을 그으면서 바른 가치관을 정립해 왔으리라.

몽당연필은 애초부터 몽땅한 게 아니었다. 연필이 이렇게 작아지기까지 무엇을 써내려 왔으며 무엇을 그려왔는지 사람들은 별로 관심을 기울이지 않는다. 그런 무심함에 괜스레 울적해지곤 했는데 오늘 보잘것없는 작은 연필까지도 아끼는 손자 녀석을 생각하니 그 감정이 녹아내린다.

깎아내고 또 깎아지는 과정에서 투명한 감성이 살아나고 그러면서 자아를 찾아내기도 하겠지, 미소가 지어진다. 깎이고 깎여 더 작아지고 닳아지는 연필을 보면서 겸허하게 삶을 마주하는 지혜를 배워가는 녀석의 모습이 그려진다.

이 몽당연필은 제 엄마가 깎아 주었을 거다. 아이들이 잠든 머리맡에서 정성스럽게 연필을 깎았을 며늘아기, 편안히 잠든 아이들을 지켜보면서, 그들의 내일을 준비하는 엄마의 손길이 느껴진다. 그렇담 이렇듯 행복한 감흥은 며느리가 준 것이었구나! 주책없이 눈시울이 붉어진다.

나는 지금도 볼펜이나 샤프보다 연필을 좋아한다. 우선 튼튼해서 좋고 손에 잡히는 나무 질감이 따뜻해서 좋다. 연필을 정성 들여 깎으면 뽀얗게 드러나는 속살이 정겹고 잘게 떨어져 내리는 나무의 향내가 경쾌하다. 요즘 들어 연필이 더 좋은 이유는 썼다가 지울 수 있다는 데에 있다. 내게 있는 고집이 연필에는 없다는 게 참 맘에 든다. 그뿐만 아니라 기꺼이 자신을 소모해서 언어가 되어주니 더욱 고맙다. 긴긴 밤을 하얗게 지새우며 쓰고 지우고, 또 쓰고 지워 겨우 완성한 편지에는 기다림의 미학이 숨어있다. 그렇게 쓰인 편지는 받는 이의 심장에 꽂히는 감동이 되고 진한 그리움으로 오래 남겨지리라.

뽀족하게 깎는 연마의 과정을 통해 날카롭게 벼리고 감각을 예리하게 다듬으면서 그 진가가 깊어지겠지. 게다가 몽당연필이 되기까지 깎이는 아픔을 묵묵히 참아내는 인내에서 진솔한 삶을 배워 가리라.

이해인 시인은 몽당연필이란 시에서, '욕심 없으면 바보되는 세상에서 몽땅 주기만 하고 아프게 잘려왔구나. 대가를 바라지 않는 깨끗한 소멸을 그 순박한 순명을 본받고 싶다.'고 말했다.

나는 요즘 들어 몽당연필 같다는 생각을 자주 한다. 깎이고 또 깎아져 몽땅해진 연필, 이제는 깎아낼 부분이 얼마 남지 않은 연필, 없어도 티 나지 않고 버려도 아깝지 않은 연필, 언제부터인가 나는 그렇게 작아졌다. 혈관의 압력조차 약에 의존해서 조절해야 하고 당당하던 걸음걸이도 조심스러워졌다.

이제 연연하지 않으리라. 초조해하지도 않으리라. 몽당연필일지언정 손에 잡히는 그날까지 난 무언가를 이루어 나가는 아직은 연필이니까.

오늘도 나는 몽당연필을 열심히 굴려본다. 닳고 닳아서 더는 사용할 수 없을 때까지. 復棋

상생의 손

일출의 명소 포항 호미곶에는 '상생의 손'이 있다. 왼손은 땅 위에, 오른손은 바다에 세워진 손은 새천년을 맞아 두 손을 맞잡고 서로 도우며 잘 살자는 의미라고 한다. 바다와 육지가, 너와 내가, 남과 북이, 나라와 나라가 인간과 자연이 화합하는 세상을 꿈꾸는 손이다.

몇 년 전, 오른손은 내게 한마디 예고도 없이 휴가를 선언하였다. 아프다고 하니 석고를 칭칭 감아주어야 했다. 쉴 날이 없었던 반질반질하게 길든 손도 '멈춤'이 필요했나 보다. 그런데 많이 불편했다. 무슨 일이든 일단 멈춰서 왼손으로도 할 수 있는지를 우선 생각해야만 했다. 한 손으로는 마음대로 할 수 있는 것이 많지 않았다. 그러다보니 그간 눈여겨보지 않았던 손을 자꾸 보게 된다. 석고에 감겨있는 오른손은 애처로웠고, 늘 오른손 뒤에 있던 왼손은 안타까 웠다.

이 손들은 굵은 마디와 힘줄로 불거진 볼품없는 모양이 되기까지 내 삶의 필요를 말없이 채워주었다. 4대가 함께 사는 집에서 하루도 거르지 않고 새벽밥을 지어내며 시어 른을 모셨고 자식을 키워냈다. 불평 한마디 없이 묵묵히 따 라주었던 오른손이 옴짝달싹 못하도록 깁스 속으로 갇히고 보니 왼손도 버겁단다. 밥 먹기도 버겁다. 그래서 하나가 아닌 둘인 까닭인가보다. 사람들이 갈라놓은 세상의 좌우 는 상극이지만, 신이 빚은 인간의 좌우는 상생이다. 둘이어 야 둘 다 온전하다.

생각을 이어본다. 눈을 마음의 창이라고 한다면 손은 마 음이 오가는 현관문쯤 되지 않을까. 눈이 감지한 대상에게 로 전령이 되어 다가가는 게 손이다. 첫 인사에, 헤어짐에 도 마음을 표현하는 것은 손이다. 인간은 손을 통해 세상의 문을 연다.

예전에 여행을 하다가 파리의 에펠탑에 오르는 길목에

서 일행을 잃어버렸다. 앞이 캄캄했다. 몇 마디 아는 불어
로는 어림없는 일이었다. 급하다 보니 원초적인 손짓, 우스
꽝스러운 몸짓이 나왔다. 그게 만국 통용어일 줄이야. 손이
말보다 우선이고, 능력이 있었다. 지금도 사람들은 손으로
대화한다. 엄지손가락을 펴 올리면 최고, 손을 펴 보이면
무방비 상태, 하트를 만들면 사랑이다. 말보다 강하다.

사람의 손에는 감각신경이 거미줄처럼 펴져 있다. 시각
장애우는 손으로 글을 읽고, 의사는 손으로 맥을 짚어내는
등 정교한 일을 손으로 해낸다. 뇌에 들어오는 감각과 밖으
로 나가는 운동신경의 절반 이상이 손을 통한다니 이목구
비로 느끼는 감각보다 손으로 감지하는 느낌이 훨씬 더 많
다 하겠다.

몇 해 전에 남편이 수지침을 배웠다. 어느 날 밤 갑자기
복통이 나서 급한 김에 손을 내밀었다. 큰 기대는 하지 않
았는데 신기하게도 복통이 스르르 가라앉는 게 아닌가. 정
작 침을 놓아준 이도 놀라는 걸 보니 그도 확신은 없었나
보다. 아픈 곳은 배인데 손에다 침을 놓자 씻은 듯이 나았
으니 정녕 모를 일이다. 남편은, 오장육부가 손안에 다 들

어 있다며 오행 수지침에 열을 올린다. 손의 오묘한 이치는 알면 알수록 그 매력에 빠지게 된다.

　인간은 생각하는 존재라 했다. 그러나 생각을 표출하여 물상을 변형시키는 것은 손이다. 손이 있어 세상을 정복할 수 있었고 위대한 문화를 창조해 낼 수도 있었다. 손으로 자연을 가꾸는가 하면, 허물어 내기도 하는 아이러니는 어떻게 설명해야 할까. 손을 통한 행실로 인과응보를 당하지 않으려면 정신을 차리고 살아야겠다. 현재의 삶은 자신이 매순간 행한 선택의 결과일 테니까.

　깁스를 풀었다. 나의 사고 또한 이렇게 딱딱하고 질긴 고정관념에 묶여 있지 않았는지 생각해 본다. 새로운 세상을 접한 듯 상큼한 내 손처럼, 고사목같이 감각이 둔했던 옛 생각들은 물러가고 부드럽고 젊은 생각들이 샘물처럼 고여 들면 좋겠다. 아픈 만큼 성숙한다더니 먹빛 시간을 통과한 효력이 놀랍다.

　오랜만에 짝을 찾은 왼손이 파리한 제 짝을 어루만져준다. 따뜻한 물에 담가 한참을 주물러 시리고 저린 기운을 가시게 하고 불은 때도 정성스럽게 닦아 주었다. 핸드크림을 듬뿍 바르고 모처럼 매니큐어도 곱게 칠해주었다. 두 손은 이렇게 서로 위로하고 보듬어 주면서 잘도 어우러진다.

날아갈 듯이 홀가분한 기분으로 남편과 저녁 산책에 나섰다. 살그머니 남편의 손을 잡아본다. 그동안 나를 위해 수고한 손이 따뜻하고 편안했다. 이렇게 손을 맞잡고 함께 살아가는 것이 얼마나 복된 일인가. 이제 이 손으로 많은 이들의 손을 잡아주려 한다. 그러면 손이 말할 것이다. 復樸

2부 향수

오늘 캐온 냉이 바구니에 그리운 고향이 따라왔다

향수

아지랑이가 솜사탕같이 피어오르는 날, 나물 캐러 나섰다. 겨우내 언 땅속에 숨어 있던 냉이가 고개를 내밀고 따사로운 햇볕에 몸을 녹인다. 어느새 작고 앙증맞은 꽃을 피우고 말갛게 웃어주는 꽃다지도 있다. 가까이서 보고 싶어 몸을 낮추었더니 흙냄새가 훅하고 올라온다.

　걸음마 배우기도 전에 엄마 등에 업혀서 떠나온 고향을 나는, 기억하지 못한다. 향수에 젖어 고향을 추억하는 이들을 보면 부럽다 못해 열등의식이 생기기도 했다. 언제부터인가 구수한 흙내음 속에는 서해안의 작은 섬마을이 웅크리고 앉아있다. 어머니 같고 고향 같은 그곳을 내 고향으로 스스로 설정해 버렸다.

내 인생의 첫 10년을 보낸 섬마을만 생각하면, 진한 그
리움이 밀려온다. 어떤 기억 속에 그리움이 없으면 그건
그냥 기억일 뿐이고, 기억 속에 그리움이 숨어있다면 추억
이라 이름 하는 게 아닐까. 일일이 기억하지는 못하지만,
내게 양분이 되고 뿌리가 되어 나를 자라게 한 그곳은 내
고향이다.

어머니의 사랑은 갓난아기에게 물리는 젖가슴을 통해
전달된다. 품에 안고 얼러주는 동그란 미소, 따뜻한 손길,
자장가에 실린 부드러운 음조를 통해 느끼게 된다. 아직 그
사랑을 알 리 없는 아기일 때도 원초적인 감성으로 느끼고
익혔으리라.

초등학교 운동장 옆으로는 방파제 비슷한 높은 둑이 있
고 그 둑을 넘으면 해당화 꽃길로 이어졌다. 그 아래로는
동글동글하고 매끈한 몽돌들이 크고 작은 얼굴을 마주하고
도란거렸고 더 아래로 내려가면 고운 백사장이 넓게 펼쳐
져 있었다. 여름이면 물고기처럼 헤엄쳐 다녔고 지치지도
않고 파도를 탔다. 입술이 파래지고 덜덜 떨리면 찜질방처
럼 따끈따끈하게 달구어진 몽돌 위에서 몸을 녹였다. 철썩
거리는 파도소리, 갈매기 울음소리를 들으며 돌 위에서 잠
이 들기도 했다.

학교 뒤로는 결 고운 모래 산이 있었다. 우리는 모래 산에 올라 두꺼비 집을 짓고 소꿉놀이를 했다. 동요 속의 이야기처럼 아기를 재워 놓고 굴 따러 가는 엄마, 고무신 배 타고 고기잡이 떠나는 아빠, 학교놀이…. 생각이 꼬리를 문다. 모래 놀이하다 고무신 한 짝을 잃어버리고 엄마에게 혼났던 일, 잃어버렸던 한 짝을 모래 속에서 찾아내고 뛸 듯이 기뻐하던 일들은 빛나는 기억의 조각들이다.

모래바람이 무서운 기세로 회오리쳐 오면 신발을 들고 치마를 뒤집어쓴 채 데굴데굴 굴러 내려 집으로 달려야만 했다. 모래 산을 높이 쌓아올리기도 하고 뭉텅 깎아내기도 하는 무서운 바람이었다. 우리들의 놀이터인 모래 산은 애초에 바람의 작품이었다는 것을 나중에 알았다.

햇살 좋은 봄날이면 나물바구니를 들고 들판으로 나갔다.

어느 날, 냉이가 많은 곳을 발견한 경자는 제가 맡았다고 호미로 금을 그어놓고 아무도 못 캐게 하였다. 나는 금 안쪽을 부러운 눈으로 바라보기만 했다. 서성서성 설경한 냉이를 캐다 모종을 부은 듯한 곳을 발견하였다. 나 역시 호미로 금을 긋고 여기는 내가 맡았다고 소리를 쳤다. 그런데 경자가 금 안으로 들어와 냉이를 캐는 것이다. 두 팔을 벌리고 막으며 실랑이를 벌이다 경자가 들고 있던 호미에 머리를 다치고 말았다. 이마로는 빨간 피가 흘러내렸다. 하얗게 질린 얼굴로 나를 둘러업고 정신없이 달리는 경자의 허연 옷에는 붉은 무늬가 만들어졌다.

군부대 의무실에서 치료를 마치고 돌아와 보니 친구들은 우리집 마루에 걸터앉아 울고 있었다. 누군가 주워들고 온 내 나물바구니 속에는 몇 뿌리의 냉이와 하얀 냉이꽃 한 줌만이 숨죽인 채 시들어 가고 있었다.

정수리 흉터에 손을 대 본다. 쌉싸래하면서도 아련한 향수가 밀려든다. 오늘 캐온 냉이 바구니에 그리운 고향이 따라왔다. 눈만 뜨면 참새 떼처럼 재잘거리며 몰려다니던 꾀죄죄한 그 아이들이 몹시 그립다. 이름마저 가물가물한 그들은 지금 어디서 늙어갈까? 알싸한 냉이 냄새는 짙은 그리움의 향기로 다가든다.

나이가 먹어서 일거다. 오랜 설움 복받치듯 고향이 그리워지는 날이 있다. 회색빛 도시, 아스팔트 밑에서 숨죽이는 흙의 정서, 자로 잰 듯한 각박한 인심, 삶이 버거운 날에도 푸근한 여백을 주는 고향을 떠올리면 나도 모르게 행복해진다. 내 빛바랜 유년의 정서로는 보릿고개의 배고픔마저도 아련한 보랏빛 향수이었다.

기억의 틈바구니로 섬마을의 야트막한 토담집이 보인다. 금방 쪼아온 굴에다 돌담 사이에서 막 따온 애호박과 달래를 넣고 굴국을 끓이면 얼마나 맛날까. 뱃고동 소리, 갈매기 소리에 넘나들던 복사꽃잎을 볼 수 있다면 얼마나 행복할까. 작은 섬마을은 영원한 향수의 샘이다. 復棋

까나리 방학

뿌리에 흙도 마르지 않은 채, 난전의 할머니 무릎 아래서 나를 기다리고 있던 열무와 얼갈이배추를 사다 김치를 담갔다. 익어갈수록 어린 시절 뱃전에서 맡던 고향 냄새가 정겨우리라. 내가 담근 열무김치가 맛있다며 비법이 뭐냐고 묻는 이가 있다. 뭐 특별한 비법이랄 것까지는 없고 까나리 액젓을 조금 넣을 뿐이다. 액젓을 넣으려고 뚜껑을 열면 비릿하면서도 달금한 냄새에 실려 섬으로, 섬으로 기억의 조각들이 함부로 내닫는다.

내가 살던 대청도는 이웃한 백령도와 함께 까나리가 많이 잡히는 고장이다. 주둔해 있던 군인들은 젊은 여성들을

'까나리'라 불렀다. 팔딱팔딱 뛰는 까나리처럼 활달하고 남성들에게 만만하지 않아서 붙여진 대명사란다. 여행사 이름 중에는 까나리여행사도 있다. 까나리는 섬의 상징이고 섬에 녹아든 정서이기도 하다.

까나리는 우리나라 삼면에 모두 서식하는 냉수성 어종이다. 바다의 수온을 따라서 북쪽으로 이동하기 때문에 성어기가 짧다. 짧은 기간에 잡고 갈무리하자면 고사리손이라도 부족할 수밖에 없다. 농촌에서 모를 심는 시기에 농번기 방학을 했던 것처럼 섬마을에서는 성어기에 '까나리 방학'을 해야만 했다.

방학하면 우리처럼 고깃배가 없는 집 아이들은 어디든 까나리 막에 가서 일손을 도왔다. 동네 아이들은 경자네 까나리 막으로 가는 걸 좋아했다. 아침이면 무리지어 숲 속 오솔길을 따라 까나리 막장으로 향했다. 소풍 가는 아이들처럼 줄지어 합창도 하고 구령을 붙여가며 발맞추어 전진하기도 했다. 자연이 살아 숨 쉬는 바닷가 숲 속 마을은 온통 내 세상이었다.

경자네 까나리 막에 도착하면 어느새 해는 머리 위에서 빛나고 있었다. 청색 등에 은빛 배를 드러낸 까나리들이 뾰족한 주둥이를 흔들며 파닥파닥 한 배 가득 실려 오면 우리는 선별하느라 눈코 뜰 새가 없었다. 해묵은 커다란 녀석은 삶아 말리고 1년 미만, 10㎝ 내외의 작은 것은 분류하여 젓갈을 담갔다. 해묵은 까나리는 액젓이 적게 나오고 내장 특유의 쓴맛이 배어 고소하고 담백한 맛이 떨어진단다. 우리는 어리지만 일을 척척 잘도 했다. 나도 그물을 흔들며 큰 것을 가려내는 일은 곧잘 할 수 있었다. 매끈매끈하고 차가운 감촉이 지금도 기억의 손끝에서 파닥인다. 일하다가 지루해지면 바다 물속으로 풍덩 들어가 물장구를 쳤다. 하루해가 저물면 경자 어머니는 물 좋은 까나리를 한 사발씩 들려주셨다. 그곳 섬에서는 여자아이들은 고깃배에 잘 태워주지 않는데 경자네 아버지는 우리를 가까운 부두까지 태워다 주시곤 했다. 배에서 내릴 때쯤이면 저녁노을이 세상을 붉게 물들였다. 하늘과 바다, 날아오르는 갈매기까지도 온통 노을빛이었다. 우린 내릴 생각도 하지 않고 붉게 물든 얼굴로 오래오래 노래를 불렀었다.

마중 나온 엄마 앞에 까나리 바구니를 내밀면 어머니는 환하게 웃으며 내 머리를 쓰다듬어 주셨다. 금방 잡아온 까나리로 국을 끓여 먹으면 입안에서 살살 녹았던 그 맛을 잊을 수 없다. 삶아서 널어놓은 까나리가 비들비들 마르면 똥을 발라내고 먹는 맛은 지금도 입안에 침이 고이게 한다.

몇 해 전 시장에서 까나리 액젓이 눈에 띄었다. 화들짝 반가운 마음에 한 통 사 들고 왔다. 그해에는 그걸로 김장 했다. 입에 착착 감기는 맛, 김치를 먹는 내내 추억도 함께 먹느라 행복했다. 콩나물국이나 감자조림은 물론 미역국 에도 조금씩 넣으면 훨씬 깊은 맛을 낸다. 잘 끓인 육수의 감칠맛, 천연 조미료를 넣은 듯이 시원하고 개운한 맛이 난다.

나는 액젓을 항상 준비하여 두고 때맞춰 알맞게 사용한 다. 떫은 건지 쓴 건지 각각의 맛이 겉돌거나 밋밋하고 심 심하여 네 맛도 내 맛도 알 수 없을 때, 잘 익은 까나리 액젓 을 넣으면 맛이 잘 어우러진다. 이것이 바로 까나리 액젓의 매력이다.

나는 지금도 싱싱한 생물 까나리를 보기만 하면, 뼈째 먹 는 고단백 고칼슘 생선이라며 회로도 먹고 소금구이도 해 먹는다. 볶음, 조림, 찌개로도 환영이다.

기억의 저편에서 까나리와 저녁 바다가 사이좋은 친구 로 손잡고 서서 잃어버린 순수를 자극해준다. 까나리처럼 고소하고 담백한 맛으로 너와 나를 어우르는 조미가 되고 싶다.

입안으로 침이 가득 고인다. 오늘 저녁에는, 까나리 액젓을 넣어 금방 담근 열무김치에, 썩썩 비벼 먹으리라. 復棋

송진 껌

모처럼 뒷동산에 올랐다. 조각구름이 드문드문 한가하
다. 푸른 하늘을 배경으로 서 있는 소나무가 옛 친구인 양
정겹다. 언제나 우뚝 서서 청솔가지 치켜들고 푸른 하늘만
들이마셔 날로 푸른빛을 더하나 보다. 햇살은 뾰족한 솔잎
끝에서 반짝인다. 은은한 솔향을 품고 나를 맞아주는 숲은
언제나 아늑하고 편안하다.

어린 시절, 그 때는 너나없이 자연에서 간식을 얻었다.
어느 날부터인가 미군을 통해 맛 들인 껌이 씹고 싶어 안달
이 났다. 아이들은 밀 이삭을 비벼서 껍질을 후후 날려버
리고 알맹이를 껌처럼 씹고 다녔고, 때론 송진 껌을 만들어
씹기도 했다. 어쩌다 제대로 된 껌이 생기는 날엔 온종일

씹었는데도 밤새 벽에 붙여 놓던 기억엔 씁쓰레한 미소가 지어진다. 넷이나 되는 남동생들은 서로 떼어 씹으려고 육탄전을 벌이기도 했다.

동생에게 껌을 빼앗긴 날은 친구들과 함께 뒷동산에 올랐다. 소나무 껍질을 떼어내고 송진을 땄다. 아궁이의 남은 불을 조금 끌어내 송진이 들어있는 깡통을 올려놓으면 금세 송진이 바글바글 끓었다. 양재기에 찬물을 떠놓고 끓는 송진을 부었다. 헝겊으로 받쳐 찌꺼기를 걸러내면서. 내 입에는 어느새 침이 고였다. 찬물 속으로 송진이 흘러내려 굳으면 그걸 건져 질겅질겅 씹으면서 즐거워했다. 그때의 순수와 정서가 밑거름되어 오늘의 내가 되지 않았을까 미소 짓게 된다.

어느 해, 소풍을 마치고 집으로 돌아오던 길, 누가 그러자고 말한 것도 아닌데 우린 산길로 접어들었다. 산새들의 청량한 곡조가, 나뭇잎을 투과한 옅은 햇살이 온몸을 휘감았다. 내 마음은 비눗방울처럼 무지개를 만들며 날아올랐다. 나뿐이 아니었나 보다. 목청껏 부르던 우리들의 노랫소리도 새소리처럼 높아만 갔다.

'야 이리와 봐. 여기 송진이 아주 많아.' 우리는 신이 나서 뛰어다니며 송진을 따 모았다. 뜻밖에 수확이 많아지자 의 기투합하여 그 자리에서 일을 벌였다. 나뭇가지에 불을 피우고 그 위에 송진 담은 양은 도시락을 올려놓았다. 우리의 마음과 달리 불꽃은 잘 일지 않아 후후 불어가며 매운 연기에 눈물 콧물이 줄줄 흘렀다. 부지런한 해는 서산으로 넘어가고 날은 점점 어두워 갈 무렵 게으른 송진은 그제야 끓기 시작했다. 방앗간 집 딸 순덕이는 도시락을 들고 물 뜨러 가고 나와 경자는 송진을 지키고 있었다. 우리는 어디에 정신을 팔렸던지 불씨가 옆으로 번지는 것을 보지 못했다. 물 뜨러 갔던 순덕이가 저만치서 고래고래 소리 지른다. 깜짝 놀라 살펴보니 불길이 연기와 함께 오르고 있는 것이 아닌가? 어쩔 줄 모르고 허둥대는데 경자는 윗도리를 벗어 정신없이 불길을 때리고 있었다. 나도 얼떨결에 옷을 벗어 죽을 힘을 다해 때렸다. 엉엉 울면서 두 팔을 휘둘렀다.

날은 저물었는데 아이들이 돌아오지 않자 마중 나오신 어른들이 이 광경을 보고 뛰어들어 불을 껐다. 집으로 오는 길에 엄마에게 매운 꿀밤을 맞아야 했다. 엄마의 입가에는 참을 수 없는 웃음이 감춰져 있었다.

얼굴은 검댕이 그림에 옷은 그을려 탄내가 진동하고, 거기에 껌을 만들던 양은 도시락까지 들고 서 있는 몰골은, 엄마도 웃지 않을 수 없었을 것이다.

그날 밤 나는 요에다 커다란 지도를 그렸다. 엄마는 '그 봐라. 불장난하면 오줌을 싼단다.'라고 지나는 말을 하셨지만 나는 쥐구멍에라도 들어가고 싶은 심정이었다.

온몸에 두드러기가 날 정도로 싫었던 기억이다. 헌데, 시간이 가면 갈수록 진한 추억은 알싸한 그리움으로 다가온다. 신이 인간에게 내린 가장 큰 은총은 망각이라고 한다. 세월이 흐르면 괴로웠던 순간도 그리워지는 건 망각의 여울을 건너왔기 때문이 아닐까.

입안에 눅진눅진 들러붙던 텁텁한 송진을 왜 그렇게 씹었는지…. 미군의 손에서 얻어 씹던 껌의 매력, 미제 껌의 환상적인 향내와 부드러움, 서글픈 유년의 한 조각이다.

소나무 가지 사이로 내리쏟는 햇살을 피하여 나무에 등을 기대고 서 보았다. 뱀 꼬리처럼 휘둘러진 좁은 길이 보인다. 숨 가쁘게 올라온 길이다. 저 길 끝은 어릴 적 송진 껌을 만들던 솔숲에 닿아 있으려나. 復棋

뱃고동 소리

철커덕, 끼익 쇳소리가 단잠을 깨운다. 입안이 깔깔하다. 일어나 주방으로 가 물을 한 잔 마시고 다시 누웠다. 그러나 한 번 놓친 잠은 다시 오지 않았다.

물 흐르는 소리, 새소리에 눈을 뜰 수는 없을까? 물 흐르는 소리는 단조로움 속의 생명력으로 평화를 느끼게 되고, 새소리 역시 기분 좋은 생동감으로 하루를 열게 해 준다. 오늘은 맑게 흐르는 물소리라도 들어야 할 것 같아 가경천을 찾았다.

야트막한 시내가 저희끼리 약속이나 한 듯 졸졸 소리를 내며 흘러간다. 물소리, 바람 소리에 섞여 꼭두각시의 흥겨운 가락이 들려온다. 어깨를 들썩이며 소리를 따라가 보니

초등학교 운동회였다. 앙증맞은 차림에 깜찍한 춤사위가
벌어지고 있었다.

나도 저맘때 꼭두각시 춤을 추었었지!

내가 살던 섬마을 학교에서는 학예회를 마치고 군부대
위문 공연을 하였다. 한창 휴전 협정이 진행되던 어수선한
시기인지라 전쟁의 공포를 안고 낯선 섬에서 기약도 없이
기다리는 군인들의 초조한 마음을 위로하기 위해서였다.
우리는 꼬마 연기자가 되어 노래와 춤, 연극 등을 풀어놓았
다. 군인들은 고향 집에 두고 온 어린 동생이라도 만난 듯
즐거운 표정으로 아낌없는 박수를 보내주었다. 마지막 합
창순서에는 한두 사람 따라 부르더니 모두가 함께 목청을
높였다. 지휘하던 6학년 언니가 뒤돌아서서 힘차게 지휘봉
을 휘두르니 순식간에 거대한 합창단이 되었다.

'나의 살던 고향은 꽃피는 산골'

무대와 관중석이 하나 되어 손에 손을 잡고 목청껏 고향
의 봄을 불렀다.

연대장님은 매우 흡족해하시며 음식과 배를 내 주셨다.
맛있는 식사를 하고 여자아이들이 탄 배가 먼저 출발하였
다. 바다를 가르는 배는 하얀 물보라를 날렸고 우리들의 기

분도 물보라처럼 하늘로 날아올랐다. 30분쯤 지나자 우리는 배진포 선착장에 내렸다. 금방 뒤따라 들어올 줄로 알았던 뒷배가 오지 않았다. 무전기도 불통이다. 한 시간, 두 시간, 시간이 지나도 감감무소식이다. 초조해지기 시작했다.

학부모들과 관계자들이 모여들었다. 모든 사람의 눈은 저 멀리 가물거리는 수평선에 정지되어 있었다. 불길한 마음을 속으로 감추며 나름대로 믿는 신에게 간절한 기도를 올리는 절박한 시간이었다. 무심한 파도만 철썩거리던 바다에 어둠이 내리기 시작하자 선착장은 아수라장으로 변해갔다. 뱃사람들의 난폭함이 터져 나왔다. 그들은 몽둥이와 연장들을 들고

'선생들 나와라. 도대체 교장은 어디 간 거냐.'라고 고함을 질렀다. 교감 선생님은 몽둥이의 위험을 무릅쓰고

'교장 선생님도 그 배에 타셨습니다.'라고 하시며 침착해야 한다고 학부모들을 설득했지만, 소용이 없었다. 여기저기서 아들의 이름을 부르는 곡성이 터져 나왔다. 이미 바다에 가족을 잃은 경험이 있는 이들의 절규는 처절했다. 우리 아버지도 그 배에 타셨단다. 엄마는 망부석이라도 된 양 넋을 놓고 서 계셨고 언니들과 나는 겁에 질려서 울지도 못했다. 고통과 절망의 밤이 야속하게도 깊어가고 있었다. 울부

짖는 소리, 휘두르는 방망이도 지쳐갈 무렵, 칠흑 같은 어둠 저 멀리서 부웅 ~ 부우 ~ 웅 뱃고동 소리가 들려왔다.

'배가 온다.'

모두는 목이 터져라 함성을 질렀다. 기다리던 배라는 것이 확인되자 옆사람을 붙들고 엉엉 우는가 하면 서로 얼싸안고 춤을 추기도 했다. 손을 높이 들고 만세를 부르는 이도 있었다. 눈물 없이는 볼 수 없는 진풍경이었다. 배는 기관의 고장으로 삼팔선 넘어까지 표류하다 선장의 기지로 간신히 돌아왔다고 한다.

뱃고동 소리는 약속된 신호음이자 일종의 대화였다. 소리의 길고 짧음, 울리는 횟수로 의사를 전달한다. 오른쪽으로 가고자 할 때는 한 번, 왼쪽으로 가고자 할 때는 두 번, 후진할 때는 세 번, 결국 세 번 울리면 후진하여 항구에서 빠져나간다는 신호였다. 약속된 신호음에 지나지 않는 소리가 절망의 늪에 빠진 이들에게 희망의 소리가 될 수도 있다는 걸 나는 이미 어린 나이에 경험했다.

모든 소리는 결국 약속이다. 말도 노래도 약속된 소리에 의해서 소통되어왔다. 그러나 같은 소리이지만, 언제, 어떻게 사용하느냐에 따라서 듣는 이의 마음을 죽음의 나락으로 떨어뜨리기도 하고 삶의 자리로 건져 올리기도 하니 묘한 일이다. 새소리 풀벌레 소리는 약속한 바는 없어도 잔잔한 감동으로 평화를 느끼게 해준다. 살랑대는 바람 소리, 이슬비의 속삭임에도 절로 마음이 보드라워진다. 자연은 타고난 소리의 맵시에다 크기나 높이를 어찌 그리도 잘 조절해 내는지!

아침에 잠을 깨우던 쇳소리의 불쾌는 이미 사라졌다.

사람들은 내 목소리가 풋사과 맛이라나. 관절통으로 우울한 친구를 불러내 상큼한 풋사과 맛이나 보여줄까?

아직도 내 귓가에는 그 날의 뱃고동 소리가 남아있다.

'부웅 ~ 부우 ~ 웅.' 復棋

깜뚜라지

눈이 마주치기만 하면 토닥거리며 자란 동기간이 부모님 산소에서 만났다. 지금은 흩어져 살지만, 서로에게 힘이 되는 혈육들이다. 아버지를 빼닮은 남동생은 여름내 길렀다며 작고 까만 열매를 단 화분을 상석 앞에 내려놓는다.

'깜뚜라지다!' 일시에 환호성이 터져 나왔다. 우리 가족에게는 잊지 못할 열매이다. 고물거리던 날들은 생활 속에 밀려 기억의 화석으로 묻혔다.

오늘, 깜뚜라지가 추억 속으로 채널을 돌려준다.

아구리선이 커다란 입을 열어 피난민들을 쏟아 놓았다. 적막한 섬마을에 시장통 같은 소란이 몰려들었다. 초가삼

간들은 차고 넘쳤고, 학교는 피난민 수용소가 되었다. 방 한 칸이나 교실 한쪽을 차지하면 운 좋은 일이고 구호물자 옷가지를 겹겹이 껴입고 군용담요를 지붕 삼아, 남의 집 처마 밑에서라도 목숨이 붙어있음을 감사해야 하는 나날이었다.

해무 자욱한 날 군데군데 서 있는 군인을 보면 지레 겁을 먹고 몸을 숨기곤 했다. 밤만 되면 세상은 흑색으로 변했다. 불시에 나타날 전투기의 폭격을 피하기 위해서다. 내일을 알 수 없는 칠흑 같은 밤, 울고 있는 산하를 아는지 모르는지 별빛은 시리도록 맑았다. 인간의 욕심이 만든 천지를 뒤흔드는 포성소리는 산천초목은 물론 지구 넘어 혜성까지 울렸다.

모두가 그랬듯, 우리 집에도 온 식구가 안방으로 모이고 윗방, 건넌방, 마루는 물론 처마 밑까지 피난민들로 바글거렸다.

목구멍이 포도청이라, 가마솥에 죽을 쑤어 한 수저씩이라도 나눠 먹어야 했다. 굶주림에 번뜩이는 눈동자를 피해 제 가족 입으로만 음식을 넘길 수도 없는 일이었다. 쌀통이며 장항아리도 순식간에 동났다. 나물죽으로 끼니를 이을 수 있는 것만도 감지덕지했다. 윗마을에서는 삼칠일을 넘기지 못하고 세상 떠난 아이를 부여안고 울다 죽은 엄마가 있었다는 소식은 두려움에 떨게 하였다. 드디어 유엔에서 원조 받은 안남미, 옥수수가루, 우유가루로 연명하기 시작하였다. 바닷가에 하얗게 엎드린 굴 따는 인파, 들로 산으로 쏘다니며 주린 배를 채우는 아이들, 삘기를 뽑고, 찔레는 물론, 산딸기나 오디로 배를 채워야 했다.

특히 새벽이슬에 발 적시며 달려간 밭두둑은 까맣게 익은 열매를 따 허기를 면하던 곳이다. 신기한 일이었다. 깜뚜라지는 금방 따 먹었는데도 또 익은 열매가 보여 주린 배를 달래주었다.

전쟁은 지나갔지만, 해마다 까마중 익을 무렵이 되면 우리는 습관처럼 찾아 나서곤 했다.

익은 열매가 중 머리 닮았다 하여 까마중이라 한단다. 열매를 한 움큼 입에 털어 넣고 깨물면 톡톡 터지며 입안으로 달콤하게 퍼지는 맛이 일품이었다. 많이 먹으면 손바닥과 입술이 시커멓게 물들어 씻느라고 애를 먹어야 했다.

요즘 들어, 암, 치질, 설사, 두통, 관절염, 부인병 등등에 효과가 크다는 임상 보고가 줄줄이 나오고 있으니 우리는 저도 모르는 새에 약용 식품을 먹은 셈이다.

우리는 깜뚜라지라고 불렀다. 섬마을 사투리려니 했는데 사전적 의미로는 '깜뚜라지', '까마종이'는 까마중의 다른 이름이라고 한다.

섬사람들의 공통된 꿈은 육지로 나가는 일이었다. 우리는 아버지의 전근으로 이웃의 부러운 눈길을 받으며 인천으로 이사하게 되었다. 설레는 마음으로 배를 탔지만, 출발하면서부터 멀미가 시작되었다. 시간이 갈수록 토사물의 역겨운 냄새가 진동하였다. 메스껍고, 어지러워 비틀거리다 고꾸라지는 아수라장 속에서 꼬박 하루를 보내고서야 인천항에 닿을 수 있었다. 발을 땅에 디뎠는데도 사물이 온통 흔들려 기진맥진이었다. 씻는 건 고사하고, 저녁도 거른 채 대망의 인천에서의 첫 밤을 보냈다.

문제는 다음 날 새벽에 일어났다. 다섯 살짜리 동생이 보이지 않았다. 위로 딸만 줄줄이 있는 집에 처음으로 얻은 아들이라 누구보다 애지중지하는 아이였다. 집안은 발칵 뒤집혔다. 교장 선생님의 부임 인사차 찾아온 교사와 사친회 간부들은 본 적도 없는 아이를 찾아 나섰다. 얼굴도 모르면서 찾다 보니 거리를 떠도는 전쟁고아나 길을 잃고 헤매는 다섯 살가량 되어 보이는 사내아이는 무조건 데리고 왔다.

두렵고 초조한 순간들로 하루가 엿가락처럼 늘어졌다. 저녁 무렵, 이웃이 데리고 온 아이는 기가 찬 몰골을 한 내

동생이었다. 꾀죄죄한 옷에는 토사 냄새가 배었고 얼마나 울고 헤맸는지 얼굴은 땟국으로 얼룩졌다. 지나가는 미군이 주었다며 껌을 질겅질겅 씹고 있는 모습은 영락없는 거지였다.

나는 그때 처음으로 아버지의 눈물을 보았다. 어머니는 그대로 풀썩 주저앉으셨다. 아들을 받아 안은 엄마가

'아침 일찍 어디 갔었어?'

라고 물으시니

'깜뚜라지 따러 갔었지.'라고 대답한다. 정녕 울다가도 웃을 일이다. 어린 동생은 잠에서 깨어나자 습관처럼 까마중을 따러 간 거였다. 낯선 거리를 헤매면서 얼마나 무서웠을까, 배는 얼마나 고팠을까, 나는 아끼던 크레파스를 엄마 품에 잠든 동생 손에 쥐어 주었다. 아들의 머리를 오래오래 쓰다듬고 계시는 엄마의 어깨너머로 노을이 지고 있었다.

한 줄기 바람이 이마를 스쳐 간다. 퍼뜩 정신을 차리고 동생이 가져온 깜뚜라지 한 알을 따 입에 넣어본다. 어느새 그날의 노을이 저 멀리 태동을 준비한다. 엄마의 어깨는 세월 너머로 사라졌지만, 세월의 강 저쪽에 따사롭게 존재하는 시간, 솜털같이 보드랍던 날들이다. 復棋

제비 수의

올봄에는 유난스레 감기가 오래간다. 나만 그런 게 아닌가 보다. 잔기침을 달고 살기가 불편하여 병원을 수시로 드나들어도 잔향처럼 기침이 사라지질 않는다. 남들은 마스크를 쓴다지만 나는 손수건을 사용하는 것이 편하여 장롱 서랍을 열었다. 너댓 장의 손수건이 가지런히 앉아 주인의 손길을 기다린다. 유난히 눈부신 새하얀 손수건이 수줍게 겹쳐있다. 얼른 골라 들었다.

새하얀 손수건!

'푸른 바다 건너서 봄이 봄이 와요. 제비 앞장세우고 봄이 봄이 와요.'

어릴 때 부르던 동요이다. 봄이 온다는 것은 곧 제비가

온다는 의미이기도 했다. 올해도 산수유, 개나리, 벚꽃이 차례로 봄을 전하고 있지만, 제비의 모습은 아직 보이지 않는다. 제비는 길조여서 비둘기와 마찬가지로 평화의 상징으로 이해되고 문학작품 속에서도 친숙하게 만난다.

나는 어릴 때 궁금한 것이 있었다. 새들은 사람을 피해 높은 나뭇가지 위에 둥지를 틀거나 깊은 풀숲에 몰래 알을 낳는데 어째서 제비는 사람 사는 집에 들어와 겁도 없이 그것도 버젓이 대들보에 집을 짓고 새끼까지 치는지. 지금도 모르긴 마찬가지지만, 그냥 믿고 목숨까지도 맡기면 보호를 받게 된다는 지혜를 일찍이 터득했나 보다. 그래서 제비는 영물로 대접을 받지 않을까.

궁금한 것은 그뿐이 아니었다. 어미 제비가 먹잇감을 물고 둥지로 돌아오면 새끼 제비들은 저마다 입을 벌리고 먼저 달라고 아우성을 친다. 그런데 어미 제비는 어떻게 먹이를 준 녀석과 주지 않은 녀석을 구별하고 고루 먹일 수 있느냐는 문제였다. 요즘에야 안 일이지만 어미 제비는 주둥이를 제일 크게 벌린 녀석에게 먹이를 물리면 된다고 한다. 왜냐하면, 먼저 먹이를 받아먹은 녀석은 아무리 입을 크게 벌리려고 해도 그렇게 되지 않는단다. 배고픈 척도에 따라 입 크기가 달라지니 어미 제비는 그냥 입을 크게 벌린 녀석에게 먹이를 주면 되었다. 그렇다면 요즘 좀처럼 제비를 볼 수 없는 이유를 알 것 같기도 하다. 급격한 도시화, 환경 오염 등으로 제비의 먹잇감인 벌레가 줄어든 때문이다. 옛날엔 몇 분 간격으로 먹이를 물어다 주었지만, 지금은 수십 분 간격으로 먹이를 물어올 수밖에 없어 먼저 먹은 녀석도 이미 소화가 다 되어 입을 크게 벌리니 어미 제비가 헷갈려 골고루 먹일 수가 없지 않은가. 신호 체계에 혼선이 생겨 무엇이 가짜 정보이고 진짜인지 분간할 수 없으니 더는 이 땅에서 살아낼 재간이 없나 보다.

그해 봄에도 제비는 우리집 대들보에 집을 짓고 새끼를 길렀다. TV도 라디오도 없던 시절 제비가족의 지저귐은 마냥 즐거운 음악이었고 평화의 메시지였다.

새총 놀이에 재미 붙인 동생이 새총으로 장항아리를 깨뜨리더니 급기야는 막 날기 시작한 제비까지 쏘아 떨어뜨리는 사고를 냈다. 파르르 떨면서 죽어가는 제비가 가여워 동생과 나는 소리 내어 울었다. 놀부에게 내렸던 재앙이 올 것 같은 두려움에 섬뜩하기도 했다. 엄마는 나물바구니에 조심스레 제비를 담고 철퍼덕 앉아 울고 있는 동생 손을 이끌고 뒷산으로 올라가셨다. 나는 큰언니가 예쁘게 수놓아준 새하얀 손수건을 얼른 찾아들고 따라나섰다. 양지바른 곳에서 걸음을 멈춘 어머니는, 새총도 함께 묻어주면 제비 가족이 안심할 거라고 하자 동생은 마른 울음을 삼키며 고개를 끄덕였다. 내가 손수건을 내밀자 어머니는 새하얀 손수건을 펴고 제비를 곱게 싸서 묻어 주었다. 나와 동생은 나뭇가지로 십자가를 만들어 세워주었다. 그리고 뉘우치는 마음으로 제비를 위해 함께 기도했다. 아까워서 쓰지 못하고 서랍 속에 간직해 두었던 손수건이 제비 수의가 된 셈이다.

이제 와 생각하니 그때 어머니는 진심으로 잘못을 뉘우치고 용서와 화해를 구하는 법을 가르치신 것이었다. 또한, 자식의 마음에 남게 될지도 모를 상처를 따뜻하게 보듬어 위로와 치유를 주셨다는 데 생각이 미치자, 내 어머니는 참으로 지혜로운 여인이었다는 것을 새삼스럽게 깨닫는다.

며칠 후 제비 가족은 서둘러 떠나는 눈치였다. 진심을 담아 '미안해. 용서해줘!'라는 말을 수없이 건넸으니 제비도 용서해 주지 않을까? 제비가 다음 해에 다시 오리라는 기대 반, 오지 않으면 어쩌나 하는 불안 반으로 봄을 기다렸다. 그러나 우리는 제비의 마음을 끝내 확인하지 못한 채 아버지 전근으로 그곳을 떠날 수밖에 없었다.

어떻게 하면 제비가 다시 찾아와 노래하는 모습을 볼 수 있을까, 지금도 눈감으면 제비 수의가 된 하얀 손수건이 눈에 아른거린다. 後記

엄빠가 좋아요

내 의식 속에 또렷하게 남아있는 어린 시절의 한 장면과 부모님 음성이 있다. 아버지와 어머니는 나란히 앉아 둘 중 누가 더 좋으냐고 묻곤 하셨다. 나는 엄마도 좋아하고 아빠도 좋아했는데 한 분만을 지목해야 하는 곤란한 상황에 부닥치곤 했던 기억이다. 심각한 고민은 아니지만, 누구나 한 번쯤 이런 고민에 빠져보았으리라.

  연년생 두 아들은 붙임성이 있어서 인사도 잘하고 노래도 유난히 잘 불렀다. 지금이야 위아래 층의 소음으로 사건이 불거지는 세태지만, 그때는 아이들이 피아노 반주를 하며 이중창을 부르면 지나가던 이웃들이 발걸음을 멈추고,

창문을 활짝 열라고 소리치곤 하였다. 사랑과 관심을 담은 그 소리는 부모 마음마저 설레게 해 주었다. 이웃들이 모여 앉으면 두 패가 되어 큰아들이 더 낫다, 아니다 작은아들이다 옥신각신하던 기쁨도 누렸다.

세월이 흘러 큰아들이 결혼하고 뒤이어 4개월 만에 작은 아들도 일가를 이루었다. 이번에는 며느리들을 놓고 편을 가른다. 나름대로 이유가 그럴싸하고 타당성이 있어 보인다. 최종적으로 내 생각을 알고 싶다며 은근히 압박해온다. 이 또한 무지갯빛 널을 뛰어야 하는 곤란한 입장이다.

얼마 전에 손자 녀석이 어린이집에서 배운 동시를 나에게 가르쳐 주었다. 제대로 되지도 않는 발음으로 쫑알거리는 것이 얼마나 귀여운지 한참을 웃다가 뒤늦게야 동시 내용을 감지했다.

엄빠가 좋아요.

어른들은 이상해요.
어른들은 이상해.
엄마가 좋니?

아빠가 좋니?

언제나 이렇게 물으시네요.

우리 대답은 똑같아요.

엄빠가 좋아요.

엄빠가 좋아요.

'우리가 배워야 할 것은 유치원에서 이미 배웠다.'라는 책의 제목이 말하는 것처럼 어린 손자의 동시를 통하여 오랜 고민(?)이 해결되는 느낌이었다. 기성세대의 흑백 논리인 'or' 과는 달리 우리 손자는 'and'를 배운 것이다. 어른들은 굳이 둘 중 하나만을 강요하며 자녀에게, 이웃에게 언어로 폭력을 가하고 있는지 모르겠다. 세상은 무수한 숫자와 소리와 색이 각각의 매력으로 어우러지는데, 오직 이쪽 아니면 저쪽만을 택하라는 이분법적인 논리의 모순은 삶, 아니면 죽음을 강요하는 사고방식과 무엇이 다를까.

나는 손자, 손녀 모두에게 각각 '너를 제일 좋아한다.' 는 모습으로 보이고 행동하려 애써 온 듯하다. 오늘 손자를 통하여 한결 편안해진 마음으로 아이들과 살뜰한 정을 나눌 수 있게 되었다. 이제는 눈치 보지 않고 당당하게 말할 수도 있다. '그래 할미는 너를 좋아한단다. 그리고 네 형도, 네

사촌도 모두 모두 좋아한단다.'라고

　자리가 사람을 만든다는 말이 있다. 할머니의 자리란 흔들림 없는 견고한 자리, 모두를 품어주는 넉넉한 자리, 저절로 따뜻해지는 온화한 품이다. 잠시 돌아서서 살아온 시간의 뒷모습을 살펴보고 혹 흐트러진 옷깃이 있다면 다시 여며야 하겠다. 復棋

반딧불이

고향같은 청천의 어느 원두막에서 오랜만에 까만 밤을
마주했다. 영롱한 별빛도 은은한 달빛도 먹구름에 가린 밤
이다. 가로등 불빛마저도 찾아들지 못한 산골의 밤은 온통
어둠의 세상이다. 이런 밤에 반딧불이라도 날아오른다면
얼마나 기쁠까. 까만 어둠에다 별처럼 고운 수를 놓으리라.
혹시나 하는 막연한 기대로 한참 동안 불을 밝히지 못했다.

기다리다 지쳐 원두막 난간에 돌아가며 촛불을 켰다. 바
람결에 깜박이는 불빛은 반딧불이의 춤을 연상케 한다. 추
억 한 자락이 촛불 속에서 펄럭인다.

유년의 여름밤도 지금처럼 캄캄했다. 땅거미가 내려앉

으면 삼삼오오 멍석에 둘러앉아 이야기꽃을 피웠다. 마당 한 귀퉁이에 피워놓은 매캐한 모깃불에서 올라오는 쑥 향이 코끝을 간질였다. 그날 수확한 농산물이 간식이 되어 바구니에 담겨 나오면 여름밤은 더없이 풍성했다. 지금도 변치 않는 옥수수의 맛은 그때는 왜 그리 더 달았는지.

멍석 위에 누워 무심코 밤하늘을 올려다보면 반딧불이는 반짝이는 엉덩이를 눈앞에 들이대고 뱅글뱅글 날았다. 비에 젖어도 잦아들지 않을 것만 같은 신비한 빛이었다. 작은 빛으로 반원을 그리며 날아오르던 녀석의 유영遊泳을 따라가 보면 밤하늘엔 잔별이 가득했다.

사내아이들은 반딧불이의 꽁지를 떼어 입에 넣고 허연 이를 드러내고 달려왔다. 한밤에 귀신 놀음이었다. 나는 입속에서 새어나오는 불빛이 섬뜩하고 무서워 비명을 질렀고 꽁지 잘린 녀석들이 가여워 울기도 했다.

또래들과 어울릴 때는 귀신놀이의 대장이었지만 단둘이 있게 되면 호박꽃에 반딧불이를 넣어 초롱불을 만들어 주던 다감한 아이가 있었다. 내 주위를 맴도는 그 애 때문에 놀림을 당하는 건 딱 질색이었다. 난 일부러 새초롬한 눈을 하며 쌀쌀맞게 굴었다. 더구나 그 아이가 서울

명문학교에 입학하게 되자 이유도 없는 배신감에 눈길도 주지 않았다. 그러면서도 마음은 달랐다. 멋있게 훌쩍 커버린 모습을 본 후로는 더 그랬다.

그가 동생을 통해 편지를 보내올 때는 뛰는 가슴을 한참 동안 진정시켜야 했지만 한 번도 답장을 하지 못했다. 괜한 열등감으로 문을 닫아걸고 우습게도 꽁지 빠진 반딧불이 같은 못난이 노릇을 하였다.

편지를 받은 날은 반딧불이가 날아오르는 풀숲을 서성였다. 어쩌면 녀석들의 응원이라도 받고 싶은 심정이었는지도 모른다. 그러나 사위는 고요하기만 했다. 침묵이 제일 좋은 대답이라고 넌지시 말하는 줄로만 알았다. 깜빡깜빡 온몸 다해 사랑의 메시지를 전하고 있다는 걸 미처 몰랐다.

열흘 빛남으로 끝날 짧은 생이기에, 머지않아 사그러질 운명이기에 반짝 한 생 다해 신호를 보낸다. 자기 몸을 아낌없이 태우는 희생으로 거룩한 의식을 치른다.

서글픈 발광이다.

짧은 생을 작은 가슴 깊은 곳에 묻으며…

내 사춘기도 반딧불이 같이 반짝 태우며 까닭 모를 슬픔을 곱씹었는지 모른다.

누군가에게 빛으로 다가간다는 건 가슴 뛰는 일이다. 인간에게도 저마다의 고유한 빛이 있으리라. 나도 작지만 빛으로 남고 싶어 하얗게 밤을 지새우기도 하였다.

까만 밤을 장식해 주던 그 많은 반딧불이는 청정한 환경의 대변자이기도 했다. 나 또한 뙤약볕 한낮의 소나기 후에 뜨는 쌍무지개이고 싶었다.

이 밤, 신비로운 반딧불이의 원무는 보지 못했지만, 그 추억만으로도 가슴이 촉촉해 오는 걸 보면 녀석들은 알게 모르게 우리 가슴에 고운 정서로 남아 아름다운 꿈을 꾸게 한다. 지구라는 작은 별이 신비한 빛으로 우주를 떠도는 건 인간의 꿈이 빛나고 있기 때문이 아닐까.

세월의 무게에 눌려 그 시절을 잊은 줄 알았다. 오늘 흔들리는 불빛 속에서 반딧불이와 함께 호박꽃 초롱불이 제일 먼저 기억나는 걸 보면 내 마음에는 아직도 그 아이가 반짝이고 있는지도 모르겠다. 그 아이도 오늘같이 청정한 밤이면 반딧불이의 꿈을 꾸고 있을까. 復棋

느티나무가 있는 풍경

오랜만에 모교에 들어서니 운동장 가에 우람한 느티나무가 의젓하게 맞이해 준다. 학교를 새로 짓고 회초리 같은 어린 묘목을 내 손으로 심었는데 어느새 한 귀퉁이를 점령할 기세이다. 화들짝 반가워 팔을 벌려 안아보니 두 팔로는 어림도 없다. 어쩌면 이리도 잘 자랐을까? 반백년이 지나도록 그 자리에서 품을 키우며 나를 기다리고 있었구나!

쉬는 시간을 알리는 종소리가 나기 무섭게 작은 느티나무 그늘로 몰려들었었다. 개미가 기어가는 것만 봐도 호들갑을 떨며 깔깔거렸던 시절이다. 허구한 날 참새 떼처럼 재재거리는 소리에 얼마나 귀가 따가웠을까. 어쩌면 아침이슬을 머금듯 우리들의 풋풋한 생기를 받아 이리도 잘 자랐는지도 모르겠다. 딸, 누나, 언니로만 불리던 소녀는 어느새 할머니의 호칭으로 불린다. 이 나무만은 티 없이 맑던 내 모습을 고스란히 기억하고 있지 않을까.

어느 국어 시간에 선생님께서는 '느티나무 있는 언덕' 극본을 배역을 정해서 읽히셨다. 가설극장에서 본 영화인지라 그 장면을 떠올리며 읽다 보니 목이 메었고 상대역을 맡은 남학생도 눈시울이 붉어졌다. 선생님께서는 마음으로 글을 읽는다고 칭찬해 주셨다. 남녀 공학이라 남학생들과도 자연스럽게 친구가 되었는데 그 친구는 달랐다. 어쩌다 눈이라도 마주치면 얼굴이 붉어져서 얼른 외면하였다. 유난히 키가 크고 얼굴이 흰 그는 어디 가나 눈에 띄었지만, 짐짓 모른 체해야 하는 줄 알았다. 그러다 보니 다정한 말 한마디 나누지 못한 채 학교를 졸업하고 말았다.

동서울터미널에 도착하니 나를 기다리는 훤칠한 신사가 눈에 들어왔다. 금방 알 수 있었다. 어린 시절 나를 설레게 하던 그 친구다.

"오랜만 이~"

반말도 존칭도 아닌 말로 어정쩡하게 인사가 오갔다.

머릿속에서는 어수선한 불꽃들이 제멋대로 나타났다 사

라지기를 반복한다.

불꽃은 세월을 거슬러 파편 조각되어 오늘 마주하게 된 것이다.

중3 때 담임이셨던 은사님 정년퇴임을 축하하려고 가는 길이다. 언뜻 노란 개나리 꽃길도 스쳐 지나간다. 활짝 열어놓고 반기자니 그렇고, 데면데면 하자니 이 나이에 웬 내숭인가 싶어 서로가 어정쩡하기만 하다.

마침 친구의 무전기 같은 휴대전화기가 울렸다. 다음 지점에서 함께 타기로 한 친구가 다른 차를 타게 되었다는 전갈이다. 분위기는 순간 더 어색해졌다. 마른침이 꼴깍 넘어간다. 살짝 숨 고르기가 어지러웠던가. 하지만 우리의 연륜은 편안한 공간을 만드는데 그리 많은 시간이 필요하지 않았다. 대화는 자연스럽게 그 시절에 가 있었다.

"생각나는지 몰라? 국어 시간 느티나무 있는 언덕!"

먼 기억의 저편인데도 너무 선명해서 나도 모르게 덧칠을 하지 않았나 스스로 혐의를 걸 지경이었지만 그냥 웃으며 끄덕였다.

그는 시선을 창밖에 둔 채,

"그때, 나 무지 떨었어. 난 말이야 그 쪽에게 남다른 감정이었거든."

아득히 먼 곳으로부터 독백처럼 울림으로 다가오는 소리의 여운! 순간, 휘청했지만 평정을 잃지 않으려고 애쓰며 농담으로 받아넘겨야 했다.

"어머~, 그대가 얼마나 멋있었는지 몰랐단 말이야? 그렇담, 그것이 유죄로다." 농담 같은 진담이었다.

"여기 바보들의 행진이요~."

내 마음을 잽싸게 읽어낸 그도 소리 내어 크게 웃었다. 웃음소리는 물결처럼 파장을 만들며 허공으로 흩어져 나갔다.

저만치 친구들의 모습이 보였다. 옛 은사님들, 반가운 얼굴이 여기저기 눈에 띈다. 까까머리 단발머리 시절에 머물러 오랜만에 맘껏 웃으며 즐거운 하루를 보냈다.

배웅하시는 은사님 뒤에서 커다란 느티나무도 잔가지를 흔들어 주었다. 느티나무가 있는 풍경! 밑동으로부터 올라오는 뿌듯함은 형언할 수 없는 든든함으로 나를 채운다.

친구들은 자주 보자고 성화지만 다시 청주 붙박이가 되었다.

그는 중국으로 선교하러 떠난다는 소식을 전해왔다. 어려서부터 구별된 모습으로 다가온다 했더니 이렇듯 원대한 꿈이 그 속에 살고 있었구나.

후에 가슴이 내려앉는 소식은 놀라웠다. 그가 고국을 떠난 지 일 년이 채 안 되어 심장마비로 한 줌의 재가 되어 돌아왔다는 것이다. 잔가지를 흔들어주던 느티나무가 환영幻影처럼 어른거린다.

시린 가슴을 애써 싸매며 도리질해본다. 세월이 키워준 듬직한 친구 하나 잃은 안타까움과 허전함을 어디서 메울 수 있을까! 정녕 아쉬운 것은 인생의 황혼길에 넉넉하고 훈훈한 미소 하나 잃은 것이요. 그럼에도 다행인 것은 그와의 추억만으로도 얼마쯤은 정겹다는 것이다.

한 점 바람이 느티나무를 훑고 지나간다. 그동안 세상살이가 얼마나 팍팍했느냐며 시원한 바람으로 이마의 땀을 식혀준다. 저 멀리 자연으로 돌아간 친구의 미소가 보인다.

復棋

3부 마중

마중 하는 일은 챙겨주는 마음이요, 너의 애씀을 충분히 이해한다는 표현이다

마중

여린 바람에도 흔들리는 코스모스 꽃길을 걷는다. 천천히 걸으면서 쏟아지는 햇살과 몸을 감싸는 바람, 쉼 없이 속삭이는 새소리로 느리면서도 빼곡하게 채워지는 나를 느낀다.

코스모스가 피어나면 추석 명절은 어김없이 찾아온다. 해마다 이맘때가 되면 정다운 얼굴이 떠오른다. 구부정한 등에 망태를 메고 버스길까지 마중 나와 서성이시던 아버님의 얼굴이 코스모스 꽃잎과 겹쳐진다.

명절이 오면 아버님의 가장 중요한 일은 자식들을 마중하는 것이었다. 저녁때나 되어야 도착할 것을 뻔히 알면서도 아침부터 비어 있던 방에 군불을 넉넉히 때서 온 방을 후끈하게 달구어 놓으시고 정오가 지나면서부터는 아예 차부 근처에서 서성이신다. 고무줄처럼 늘어난 몸이 해바라기만큼 늘어질 즈음 자식들이 차에서 내리면 달려가 안기는 손자, 손녀들에게 함박웃음을 날리시며 온 맘 다해 자식들을 맞아 주셨다.

아버님의 마중을 받으며 집으로 들어가면 고향집은 금세 시끌시끌해졌다. 댓돌에 즐비하게 벗어 놓은 신발도 엎치락 뒤치락 하하하, 호호호, 까르르 하모니가 되어 담을 넘나든다. 어머님의 손맛이 배어 있는 구수한 밥상이 들어오면 뚝배기에서는 여전히 찌개 끓는 소리가 정겨웠다. 명절 음식을 장만하며 그간 쌓아둔 속말을 조근 조근 풀어내노라면 어느새 아버님은 흐뭇하게 바라보며 미소 지으셨다. 고단한 사연을 보듬어주듯 어둠도 조용히 고향집을 덮어 주었다.

사소한 일상이 사실은 가장 중요한 일이었다. '사랑한다.'고 굳이 말은 하지 않아도 '밥은 먹었니?'라고 물으시던 아버님, 체한 등을 두드려 주시던 어머님의 표현이야말로 부모님의 전 사랑이 담겨있다는 걸 이제는 안다.

시어른들의 삶이 배어있던 옛 집에 가보고 싶다. 혹여 뒤란의 복숭아나무 그늘에 어느 해처럼 도선생이 들어와 숨어 있지는 않는지, 그러면 놀란 누렁이가 소리쳐 짖다 나를 보고 달려와 꼬리 치며 반겨 주지는 않을까? 그러나 고향 집은 세월의 뒤안으로 밀려 자취를 감추고 스산한 바람만 오간다.

유난히 휘늘어진 코스모스가 눈이 띈다. 그 사이로 마중 나오시던 엄마의 행주치마 자락도 보인다. 가슴 밑바닥에 자리한 그리움이 물결처럼 일렁인다.

나는 10리 길을 걸어서 학교에 다녔다. 돌아오는 길에는 삘기도 뽑고 찔레순도 꺾으며 낭창거리다 보면 늦기가 일 쑤였다. 당번이 되어 청소를 마치고 돌아오는 길은 더 늦어질 수밖에. 평소에는 들판으로 난 마차 길로 다녔는데 그 날따라 조금이라도 빨리 갈 요량으로 질러가는 숲길을 택했다. 사방에는 이미 어둠이 침범하고 우리들의 가랑잎 밟는 소리만이 적막을 깨뜨렸다. 낮은 풀벌레 소리에도 화들짝 놀라게 된다. 온 몸에는 땀이 홍건히 고였다. 어둠이 도사려 우리는 말없이 걷고만 있었다. 하나 둘 빛을 드러내는 별들도 떨고 있다. 다시 돌아갈 수도 없고 그렇다고 계속 걷자니 이젠 더 이상 다리가 떨어지질 않는다. 울 수도 없는 절박한 순간 어둠 저편으로부터 저벅저벅 소리가 들린

다. 이젠 죽었구나, 극도로 긴장하여 오도 가도 못하고 떨고만 섰는데

'거기 누구냐? 영옥이냐?' 낯익은 엄마의 목소리가 들리자 나는 그만 '엄마' 하며 정신을 잃고 말았다.

그날 이후론 저녁 밥상에 아이가 한둘 빈 날이면, 엄마는 설거지를 미루고 누군가를 데리고 마중을 나가셨다. 어느 날은 내가 동생을 기다리기도 하고, 동생이 나를 마중하기도 하였다. '뭐 하러 나왔어.' 말은 그렇게 하면서도 화들짝 반가웠던 시절이었다. 우산을 받쳐 들고 마중을 나갔고, 흰 눈이 쌓인 길은 물론 어깨너머로 별똥 떨어지는 모습을 보며 가족을 기다렸다.

마중 하는 일은 챙겨주는 마음이요, 너의 애씀을 충분히 이해한다는 표현이다. 또한 마중은 끊을 수 없는 끈끈한 정이요. 화수분 같은 사랑의 우러나옴이다. 마중이야말로 또 다른 나를 기다리는 행위이다.

동구 밖까지 나와서 나를 기다리시던 어머니가 몹시 보고 싶다. 언제든 달려가면 만날 수 있는 가시적 거리에서의 그리움과 다시는 볼 수도 들을 수도 없는 피안의 그리움은 색깔이 다르다.

코스모스 꽃길을 걸으며 나는 가을을 마중하고 그리고 이제는 뵈올 수 없는 시아버님을 마중하고, 어머니를 온 마음 다하여 마중하였다.

코스모스가 지고나면 겨울이 오겠지. 그렇게 오랜 시간 휘돌고 굽돌아 오늘 여기 섰다. 나도 내 어머니처럼 품에서 빠져나간 자식들을 묵묵히 기다린다. 때마다 시時마다 그리움은 깊어가고 세월은 말없이 잘도 흐른다.

오늘도 내일도 된장 간장 묵어가듯 세월을 익히고 삭히며 그리움을 쌓아간다. 復棋

가을 민들레

월천 둔덕에 민들레꽃 한 송이가 피었다. 된서리가 서
설처럼 내린 아침, 설핏한 햇살에 서둘러 몸을 녹이는 모습
이 애처롭다. 산모롱이 외딴 집 사립에서 누군가를 기다리
는 촌로의 미소처럼 적막하다. 아지랑이 피어오르는 봄날
에는 무얼 하다가 들풀마저 수척해지는 이 계절에 이리도
시리게 웃고 있단 말인가.

늦가을 햇뉘를 쪼이며 시리게 웃고 있는 민들레를 보니,
노란 저고리를 입고 배시시 웃던 친구의 모습이 겹친다. 그
녀는 젊은 나이에 홀로되어 어린 아들과 친정살이를 했다.
삶의 굽이마다 가파른 고개마다 혼자 삭이고 홀로 풀어갔
다. 아들이 장성하여 가정을 꾸리고 나자, 이번에는 자신의

결혼 초대장을 보내왔다. 의연하게 살아온 한 여인의 외로운 그림자가 클로즈업되었다. 청상과부의 삶이 얼마나 버거웠으면….

　조촐하기는 하지만 허술함이 없는 품위 있는 혼례였다. 신랑의 넉넉한 씀씀이, 기품 있는 말씨, 세련미 넘치는 태도로 보아 백마 탄 왕자가 나타났구나 싶어 살짝 부럽기도 했다. 그런데 남편과 나이 차이가 지나치게 많이 나는 걸 알고는 서글픈 생각이 들기도 했다.

　몇 년 후 그녀의 이순 잔치에 초대받아 가보니 다복한 6남매의 어머니로 의연하게 앉아있었다. 유순하게 미소 짓는 모습이 토종 민들레처럼 하얗다. 남편의 자식 5남매는 아버지가 외롭지 않은 노년을 보내면 그걸로 만족한다고 했단다. 그런 자식들의 버팀목이 되기까지 그녀는 척박한 땅에 억척스럽게 뿌리를 내렸으리라. 잎을 키워 둥지를 틀었으리라. 가을 민들레처럼 서둘러 꽃을 피우고 사랑의 씨앗까지 날려 보내며 기꺼이 맨몸으로 남았으리라. 그녀의 의지가, 희생의 삶이 보이는 듯하다.

　소녀 시절, 우리는 민들레 꽃길에서 씨 맺은 대궁을 꺾어 하얀 솜털을 후후 불어 날렸다. 꽃씨가 바람 타고 눈송이처럼 날아오르면, 내 마음도 두둥실 날아올랐다. 씨앗은 애틋한 사랑의 밀어를 실어 나르는 가교라 믿었다. 우리들의 풋사랑은 노랗게, 하얗게 꼬리를 남기며 무지갯빛 바람 타고 하늘을 날았다.

꿈꾸듯 시선을 창밖에 두고 시를 읊으시던 국어 선생님은 영원한 연인으로 남아있다. 선생님의 부드러운 음성에 풋사과 같은 나의 목소리를 합하여 노래하듯 시를 낭송하는 장면을 그려보기도 했다.

꿈은 꾸라고 있는 것이다.

늦은 나이에 못다 한 염원을 글쓰기에 담았다. 뻐근한 어깨를 두드리며 밤잠을 설치는 날이 부지기수다. 이 간절함은 무엇인가. 어쩌자고 이 열정은 식지를 않는가. 그러다보니 눈이 먼저 충혈되어 반란을 일으킨다. 내 의지와 상관없이 반기를 드는 몸이 야속하다. 생장이 멈춘 땅에 가녀린 꽃대를 곧추세운 채 마지막 생을 불태우는 가을 민들레는 마치 내 모습을 보는 듯하다.

그러나 아직 햇살은 남아 있지 않은가. 겨울로 가는 길목을 비춰주는 햇살은 철지난 열매를 단 곡식까지도 알뜰하게 익혀 보려고 들판을 서성인다. 뒤늦게 거둬들이는 곡식이야말로 늦게까지 남아 창고를 지키게 되리라는 기대를 놓지 않는다. 시간을 두고 천천히 돌을 고르고 뉘를 골라낸 알곡은 겨우내 양식이 되리라. 이제 조금 더 용기를 가져보련다. 내 보폭으로 걸으며 나만의 길을 만들어 보리라.

　오늘은 민들레 잎으로 샐러드를 만들었다. 맛이 썩 괜찮다. 내친김에 김치도 담갔다. 고들빼기김치같이 쌉싸래한 맛이 몸에 좋다니 힘이 난다. 인삼보다 사포닌 함량이 더 많다는 '흰 민들레 뿌리 차'까지 준비하여 음미한다. 이웃집 할머니는 위암인 아들을 위해 몇 년째 민들레를 캐러 다니신다.

　척박한 땅에 깊이 뿌리를 내리며 어떤 품성을 다졌기에 위염을 다스리고 암세포를 죽이고 간을 보호해 줌은 물론, 뭇사람의 몸을 치료해 줄까?

　어디 그뿐인가? 어린이들의 동요 속으로, 아낙네들의 봄나물 바구니로, 연인들의 필름 속으로 녹아들어 우리네 삶에 정서를 더해 주기도 한다.

　겨울이 오는 길목에서 다시 월천 둔덕을 찾았다. 민들레 꽃은 자취를 감추고 씨앗마저 다 날려 보낸 민머리만 바람에 흔들거리고 있다. 쪽빛 햇볕이나마 쬘 기력도 남아있지 않은 휘인 모습으로, 자식들에게 다 내어주고 바람 빠진 뼈대만 남아 이 병원, 저 의원 찾아다니는 영락없는 노인의 모습이다.

가을 민들레꽃처럼 마음이 분주해진다. 겨울이 오기 전에 제대로 여문 꽃씨를 날려 보내야 한다는 의지를 불태운다. 민머리로 남을 마음의 준비는 끝냈다. 이제 보송보송한 씨앗이 누군가의 마음으로 날아가 고운 꽃으로 피어나기만을 희망한다.

나는 오늘도 가을 민들레의 꿈을 꾼다. 復棋

아가

신혼여행을 마치고 몸담고 살아야 할 시가에 도착했다. 사랑채 대문 안으로 들어서는데 서늘한 느낌이 훅 다가든다. 잘은 모르겠지만 두렵고 생소한 느낌이었다. 할아버님을 뵙고 나서야 그 느낌이 무엇인지 알 것 같았다. 몸보다 마음이 먼저 읽은 미래였다.

중풍으로 7년을 고생하셨다는 어른께 큰절을 올렸다. 웃음인지 울음인지 알 수 없는 묘한 표정으로 가까이 오라고 손짓하여 부르시는 데 다리가 후들후들 떨려 부축을 받고서야 다가갈 수 있었다.

신혼생활이라는 달콤한 말보다 시집살이라는 말로 기억되는 생활이 시작되었다. 하루의 시작은 사랑채에서 들려오는 기침 소리로 시작되었다. 집을 들고나는 일도 사랑채에 먼저 고하고 손님이 오셔도 사랑채부터 들렀다 나왔다. 코가 비틀어지도록 진동하는 역겨운 냄새 때문에 손님들은 누구라도 지체하지 않고 곧바로 나왔다. 나는 그럴 수가 없었다. 줄줄 흐르는 침과 국물을 닦아가며 장시간 식사 시중을 해야 하는 일은 고문에 가까웠다. 어느 날은 주무시는 것 같아 살그머니 밥상을 놓고 나오다가 기척이 나자 심장이 떨어지도록 놀라기도 했다. 할아버님은 자주 나를 부르셨다. 손자며느리가 사랑스러워서 옆에 두고 싶은 마음은 잘 안다. 그러나 그 앞에 서는 일이 얼마나 겁나고 두렵던지 어눌하게 '아가'라고 부르시는 소리를 환청으로 들으며 자다 깨기도 했다.

잘 공경하려고 다짐하고 또 다짐해 보지만 큰 사랑에만 들어서면 울컥 올라오는 메스꺼움을 감당하기 힘들었다. 그저 막연히 하루하루 지나다 보면 나아지겠지 생각했다. 그러나 웬걸 시간이 지나면서 음식을 넘길 수가 없었고 어쩌다 조금 먹으면 금방 다 토해내며 허영거리게 되었다. 어머님은 7년간이나 하신 일인데 어떤 노력으로도 다스려지지 않는 미숙함이 안타깝고 야속했다. 얼굴에는 기미가 끼고 몸은 야위어 가는데도 그저 넉넉지 못한 성격 탓에 오는 스트레스인 줄만 알았다.

나의 미련한 인내는 처음 잉태된 생명을 잃어버리는 데 까지 이어졌다. 모두에게 죄인 된 심정이었다. 드러내놓고 아파하지도 못하고 소리 내어 울지도 못한 채, '아가야'라고 한 번도 불러보지 못한 가여운 내 분신을 보냈다.

부실하고 미련한 내 탓이건만 그 후론 할아버님을 향한 내 마음이 굳어졌다. 잘해보려는 알량한 진심은 사라지고 의무만 무성했다.

할아버님이 돌아가시자 집안어른들은 물론 이웃에서도 나를 칭찬하셨다. 나의 두 얼굴이 완벽했단 말인가. 마음이 무너져 내렸다. 할아버님 영전에 뿌리는 후회와 자책의 눈물마저도 칭찬거리가 되어 마음 놓고 울지도 못했다. 당신을 짐으로만 보는 자식들이 얼마나 야속하셨을까. 야박하고 철없는 손자며느리를 보시는 마음은 얼마나 고단하셨을까. 그럼에도 칭찬만 남기고 가신 할아버님. 아프리카 속담에 노인 한 분이 돌아가시면 도서관 하나가 사라진다는 말이 있다. 할아버님의 부르심 '아가'는 내게 아픔의 대명사가 되었다.

그 후 연이어 태어난 두 아들을 보상받은 마음으로 기르며 다 잊었다고 생각했다. 그러나 '아가'라는 말만은 차마 입 밖에 내지 못하고 살았다. 아들들이 아기일 때도, 며느리들에게도 손자 손녀가 10대라고 으스대는 나이가 되도록 부르지 못했다. 세월의 연륜으로도 까끌까끌한 아픔의 찌꺼기들은 녹일 수 없었나 보다.

나는 요즈음 유아들에게 동화를 들려준다. 일주일 내내 같은 동화를 가지고 여러 어린이집을 방문한다. 지난주에는 '까만 병아리'란 동화였다.

노랑 병아리들과 함께 깨어난 까만 병아리는 색깔이 다르다는 이유로 구박과 따돌림을 당한다. 어느 날 독수리의 검은 그림자를 보고 엄마 언니들에게 알려 주느라 자신은 미처 피하지 못하여 독수리에게 잡혀갔다. 어미 닭은 몇 날 며칠 까만 병아리만 부르며 슬피 울었다.

"아가야 어디 갔니? 아가야 보고 싶다."

어미 닭의 절절한 아픔을 구연하였다. 어미 닭의 마음이 되어 이십여 차례 반복하여 들려주다 보니 나도 모르게 뜨거운 것이 목젖을 타고 올라오더니 눈물이 쏟아져 내렸다. 이야기에 취하여 눈물을 글썽이는 사랑스러운 꼬마를 보자 나도 모르게 '아가'하고 부르는 게 아닌가. 긴 세월 갇혀있던 대명사가 튀어나왔다. 놀라운 순간이었다.

한때는 심리 상담사로 다른 사람의 심리치료를 담당하기도 했지만 정작 내 안에 아픈 가시가 있었다는 것을 미처 알아채지 못했다. 맘껏 슬퍼하지도 못한 채 묻어야 했던 묵은 감정이 울부짖는 어미 닭의 정서와 함께 시원하게 배설되었나 보다. 신기하게도 속이 뻥 뚫리는 놀라운 체험이었다. 아마도 슬픔이란 프리즘을 통과하는 동안 묵은 감정이 깨끗하게 여과되었나 보다.

마음속에 억압된 감정의 응어리를 언어나 행동을 통하여 외부에 표출함으로써 마음이 정화되고, 정신의 안정을 찾는 류의 감정을 '카타르시스'라 한다. 내 안에 '아가'라는 응어리는 또 다른 아가 까만 병아리를 통하여 카타르시스를 경험하여 치료된 것 같다.

요즘은 책을 읽다가도 감동적인 장면을 만나면 나도 모르게 눈물이 흘러내린다. 봇물처럼 터진 카타르시스가 이제 길을 터 놓았나보다. 마주치는 손길이 더 없이 소중하고 사물이 더 따뜻하게 다가온다. 새롭게 유연해진 자신을 보게 된다.

진한 아픔의 대명사 할아버님의 '아가'
너무 가여워서 차마 입 밖에 낼 수 없었던 내 '아가'

들을 수도 말할 수도 없었던 '아가'가 성큼 내 곁으로 돌
아왔다. 復棋

지게 타기

간밤에 내린 소나기로 시원하게 목욕한 구룡산이 싱그러운 모습으로 서 있다. 아무래도 산천을 먹이고 입히며 기르는 것은 빗물인 것 같다. 산 아래로 길게 드러누운 월천에는 온 누리를 씻어 내린 흙탕물이 굽이쳐 흘러가고 있다. 불현듯 탄천이 떠올랐다. 그해 여름, 우리 마을 앞 탄천에도 저렇게 흙탕물이 꿈틀거렸었다.

무섭게 천둥 번개가 치던 여름밤 내 생으로도 느닷없이 천둥 번개가 휘몰아쳤다. 남편은 할아버님 병환이 심상치 않아 시어른들과 사랑채에서 밤을 지새우는 터라 나는 심한 통증을 혼자서 이를 악물고 참아야 했다. 시간이 지나면

차츰 괜찮아질 줄 알았다. 미련한 인내는 내게 처음으로 찾아온 귀한 생명을 잃어버리는 데에 이르렀다.

위중하시던 어른이 한숨 돌리자 그 방을 물러 나온 남편은 파 곤죽처럼 늘어진 나를 보자 허둥대기 시작했다. 밤새 겪은 통증도 참아내기 어려웠지만, 실망하시는 어른들의 얼굴을 대하는 건 새색시로서는 감당하기 버거운 고통이었다. 어서 병원에 가라고 서두르시는 아버님의 성화에 날이 밝자마자 마차를 타고 버스 정류장으로 향했다. 정류장까지 가려면 마을 앞을 흐르는 탄천을 건너야만 했다. 헌데 지난밤 폭우로 냇물이 불어나서 마차 모는 솜씨가 노련한 작은사랑 송 씨도 더는 마차를 몰 수 없는 상황이었다.

남편은 물의 깊이를 가늠해 볼 요량으로 흙탕물 속으로 저만치 들어가 본다. 물은 허리를 넘어 가슴까지 차는 곳도 있었다. 늘 건너다니는 개천이어서 익숙하기는 하지만 물살이 요동칠 때는 맨몸으로 건너기도 어렵다는 걸 동네 사람들은 다 안다.

송 씨는 지게를 버텨놓고 어서 타라고 한다. 어머님께서도 기운이 장사인 송 씨라면 너끈하게 건너 줄 수 있다고 부추기신다.

그러나 웬걸, 남편이 잽싸게 한 무릎을 꿇은 자세로 지게

멜빵을 어깨에 두른다. 아무리 짐질이 서툴지만 다른 사내 등에 새색시를 맡길 수 없는 것이 남자의 자존심이요 젊음의 패기였을 것이다. 나는 갑자기 몸이 달아오르면서 덜덜 떨렸다. 그 상황이 너무 곤혹스러워 그냥 돌아가자고 사정하였다. 그는 막무가내였다. 젊은 신랑은 물불을 가리지 않았다. 나는 고마워서인지 야속해서인지 눈물만 났다.

서툰 짐꾼은 밤새 앓아 붓기까지 한 아내를 지고 물속으로 들어섰다. 1분 2분, 시간이 지나갈수록 무게감은 점점 더했으리라. 한 발짝 두 발짝 비척거릴수록 바늘방석이다. 그는 지겟작대기로 바닥을 더듬거리며 가운데로 들어선다. 물살에 리듬이라도 타는 양 비틀거린다. 걸음마다 말초신경까지 곤두서게 된다. 물살이 셀수록 그의 몸이 더 비틀거렸다. 넘어지기라도 하면 어쩌나 가슴이 졸아든다. 하지만 그는 초유의 힘을 발휘하여 개울을 건넜다. 그는 물에 젖고 땀에 젖고 눈물에 젖었으리라.

나는 차마 눈 뜨고 볼 수 없어 두 눈을 감았다. 부들부들 떨리는 손으로 지게등받이를 움켜잡고 움직이지 않으려고 안간힘을 썼다. 이보다 더 위태롭고 고통스러운 곡예가 어디에 또 있을까?

남편의 듬직한 등 뒤에 업혀서 시작한 결혼생활이 이제 40년에 몇 해를 더 했다. 그동안 여러 차례 비틀거려야 했다. 삶의 고비마다 정면으로 모진 바람을 맞는 것은 그이였다. 나는 그의 등 뒤로 피하여 참아주는 것만으로도 돕는 것이라는 명분을 내세우며 잘도 살아왔다.

처음엔 그 등에 그렇게 업히는 게 정말 싫었다. 나 스스로 걸어가고 싶었다. 그가 넘어질지도 모른다고 생각했기 때문이다. 하지만 그는 사랑이란 이름으로 지게지기의 명수가 되어갔다. 가끔은 겁에 질린 아내를 돌아보며 따뜻한 미소도 보낼 줄 알게 되었다.

오늘도 그의 등 뒤에 있는 내 모습을 본다. 옆자리를 감당할 심장도 못되어 여전히 등 뒤에 앉아있다. 그럼에도 매사를 다 맡기고 두 눈을 감을 만큼 어수룩하지도 순하지도 않다. 잔소리가 이만저만이 아니다. 이런 사람을 인생의 반려자라며 참아주는 그가 한없이 고맙다.

살아가면서 어려움이 있기 마련이다. 질병이라든가 재난은 물론 누구도 피할 수 없는 노쇠가 바로 그 고비다. 우리 부부는 노년이란 이름 앞에 서 있다. 늦었지만 이제라도 그의 짐을 나누어 질 때이다. 피차 힘닿는 만큼 서로의 짐을 지고 쉬엄쉬엄 가다 보면 생의 또 다른 문이 기다리고 있으리라.

지난밤 소나기에 말갛게 목욕한 구룡산은 남편의 모습을 닮았다. 復棋

임진강의 봄

황사바람이 불어온다. 어느새 대지는 생명을 잉태한 몸을 뒤척이며 부산스럽다. 겨우내 기척도 없던 회색의 나뭇가지도 언록색으로 물들어간다.

대지로부터 올라오는 물줄기, 생명의 소리가 들리는 듯하다. 푸른 피돌기가 시작되는 느낌이다.

실향민을 위하여 조성된 파주 동화경모공원을 찾았다. 입구에 들어서니 간밤에 내린 비로 깨끗하게 목욕한 개나리 꽃잎은 젊은 날 세수하고 나온 어머니 얼굴처럼 싱그럽다. 부모님 산소 앞에 자식들이 오롯이 모여 들었다.

구한말 황해도에서 태어나 민족의 격동기를 누구보다

아프게 살고 가신 아버지 기일이다. 고난의 연속인 구십 평생이었지만 꽃밭을 가꾸는 여유를 보이셨고 마지막 순간까지 책을 곁에 두실 만큼 감수성이 남다른 분이셨다.

못 다한 효를 아파하며 정성을 모아 추모예배를 드리는 자식들 머리는 어느새 반백이다. 부모님과 함께했던 시절을 추억하였다. 기억의 저편에서 가물거리던 빛바랜 옛이야기도 서로 나누다 보면 어느새 고향집 안방에 있는 느낌이니 신기한 일이다. 부모님 앞에서는 마냥 아이이고 싶은 초로의 형제들은 숨겨둔 울음 샘을 자극한다. 혈육이란 근원이 같은 물줄기여서 언제 어디서 만나도 금방 어우러져 정답게 흐를 수 있어서 참 좋다. 타임머신을 타고 물길을 거슬러 올라가 추억의 골짜기에서 텀벙댈 수도 있으니 더없이 소중하다. 시간을 붙들어 머물게 하고 싶었지만 짧은 순간들이 손가락사이로 빠져나간다. 추억이라는 달근한 여운을 마음 한구석에 남기고 다시 일상으로 돌아가려는 발걸음을 잠시 멈춘다.

저만치 보이는 오두산 통일전망대에 오르기로 했다. 부모님 주위를 그렇게라도 맴돌고 싶은 마음이었으리라. 전망대에 오르는 길에 늘어선 벚나무는 꽃 잔치를 벌이고 있었다. 창경궁 벚꽃 놀이를 유난히 좋아하시던 아버지는 오늘도 각처에 흩어져 사는 자식들을 이렇게 한자리에 불러 모아 꽃놀이를 시키시려나 보다.

    통일전망대에 올라서자 먼저 망원경을 찾았다. 일렁이는 강물 속에는 지금도 물고기 떼가 몰려다니며 놀고 있겠지. 사상이나 이념 따위는 아랑곳하지 않는 한 마리 물고기가 되어 이쪽과 저쪽을 마음대로 왕래하고 싶다.

    이 강을 거슬러 남쪽의 따뜻한 봄빛도 올라가겠지. 봄볕은 북녘의 얼음을 녹여 이 강물에 풀어놓으면 좋으련만 무심한 강물은 잔물결만 만든다. 강변을 넘나드는 바람도 얼굴만 간질이고 달아나 버린다.

    망원경을 조금 움직이니 집들이 보이고 언덕과 산이 보인다. 고향산천을 눈앞에 두고도 이렇게 애꿎은 망원경만 돌린다. 지금쯤이면 고향집 뜰에도 복숭아꽃 살구꽃이 활짝 피었겠지. 수양버들 늘어진 앞내에는 송사리 떼가 놀고 있으련만….

    '지금은 남의 땅 빼앗긴 들에도 봄은 오는가'라는 이상화 시인의 시구가 입속을 맴돈다. '그러나 지금은 들을 빼앗겨 봄조차 빼앗기겠네'라는 마지막 연에서는 주체할 수 없는 어떤 울분이 내 속에서 꿈틀거린다.

한반도의 허리를 댕강 잘라놓은 철책 선이 걷힐 날을 손 꼽아 고대해 본다. 한 맺힌 그 철조망 아래에도 민들레, 질 경이, 제비꽃, 그리고 이름 모를 들꽃들이 곱게 피어 있겠 지. 봄은 이렇게 오고 있건만 한반도의 봄은 대체 언제 오 려는가. 이 봄이 가고 여름이 지나면 저 강물 따라서 붉게 탄 가을빛이 내려오겠지. 행여 고향 소식을 가져 오려나 막 연한 희망을 걸어본다.

임진강은 분단된 채 한탄강도 받아들이고 한강도 감싸 며 평온하게 잔물결을 만들고 있다. 추운 겨울부터 꽃눈을 품었다가 잎도 피기 전에 서둘러 피어난 꽃들의 기개가 가 상하다. 푸드덕 날갯짓하며 북녘 하늘로 날아가는 한 마리 새는 무심하기만하다. 復棋

추억 만들기

탁 트인 바다 위로 시원하게 뻗은 인천대교를 달린다. 물보라를 일으키며 달리는 낭만과는 또 다르다. 주탑의 높이가 남산의 높이이고 왕복하면 미리톤을 완주하는 거리라니 자동차 바퀴에 날개가 돋을 것만 같다. 기분이 상기되는 건 그뿐이 아니다. 난생처음 자매들의 오붓한 여행이 아닌가.

자매라고는 하지만 이모 조카쯤이 더 어울릴 만큼 나이 차이가 난다. 막내는 내가 고등학생 때, 그 위는 중학생 때 태어났다. 감수성 예민한 나이에 어찌 동생들이 예쁘기만 했겠는가. 학교를 졸업하고 직장을 따라 집을 떠났고 이어 결혼했으니 한솥의 밥을 먹은 시간은 매우 짧았다. 서로 기대고 받쳐주는 끈끈한 과정이 턱없이 부족한 자매였다.

굽이굽이 세월의 바퀴를 돌다 보니 서로를 귀히 여겨 손 잡아 보기로 했다. 옷깃을 스치는 인연도 소중할진대 하물며 자매일까 보냐. 나이를 먹어가면서 우리는 신기하게도 서로의 모습에서 어머니를 본다. 손발의 생김새까지도 판박이이다. 혈액형까지도 같으니 더 말해 무엇하랴. 같은 유전자를 타고났으니 본질에 대한 예감도 가장 많이 공유했으리라.

부모님이 세상을 떠나시자 동생들은 내 치마폭으로 몰려들었다. 밥 먹으러 가자, 목욕가자, 쇼핑가자… 그들의 젊은 피가 수혈된 듯 가뿐한 걸음으로 어울려 다닌다. 비켜갔던 세월의 정을 차곡차곡 쌓아가는 재미가 봄날의 아지랑이를 보는 듯하다.

이번 여름휴가는 서해안의 작은 섬들을 둘러보기로 했다. 어제는 제부도 부근이고, 오늘은 무의도와 실미도 쪽을 택했다. 난간에 기대어 서서 끼룩끼룩 날아오르는 갈매기들의 비상을 바라보자니 모처럼의 여유가 즐겁다. 푸른 바다와 하늘이 맞닿은 세상은 온통 푸르다. 갈매기들은 머리 위로 빙빙 돌다 새우깡을 던지면 날렵하게 곡예비행을 하며 받아먹는다. 손을 올리기만 해도 비호같이 달려들어 탁

채어간다. 그야말로 순발력을 유감없이 발휘한다. 저러다 물고기 잡는 법을 영 잊어버리면 어떻게 하지? 본질을 잃어버리고 혼돈의 일상을 살아가는 내 모습을 닮았다.

무의도와 실미도를 연결해주는 바닷길은 벌써 열려 있었다. 우리는 손을 잡고 갯바닥을 밟고 건넜다. 그곳이 바로 영화 '실미도'의 촬영장이자 사건 현장이었다고 한다. 마을 주민인 식당 주인은 해무 자욱한 날 군인들이 우뚝우뚝 서 있는 모습을 보면 마치 2차 세계대전의 중심에 있는 듯한 착각에 빠지곤 하였다며 몸을 부르르 떨었다.

인간의 존엄성을 찾아볼 수 없었던 사건 현장에서 분단의 현실을 길게 아파한다. 그래서 바다는 태연한 듯 철썩거리다가도 때론 성난 파도를 일으키나 보다.

넓게 드러난 갯벌에는 바지락을 캐는 사람들로 북적인다. 호미를 미처 챙기지 못한 우리는 돌을 들추며 작은 게를 잡았다. 도망가는 게를 잡느라 머리 얼굴 할 것 없이 펄 흙을 묻힌 채 호들갑을 떠는 양이 영락없는 아이다.

바위틈에는 고둥이 널렸다. 한참을 주워 담다가 옆으로 돌아가니 굴이 다닥다닥 붙어있다. 뾰족한 돌로 굴을 쪼아 그대로 입에 넣으니 향이 가득 퍼진다. 자금 자금 해감 씹히는 맛도 친근하다. 굴 따는 동생 등허리로 따가운 햇볕이 쏟아진다.

내 유년의 바다가 보인다. 그때도 바다는 놀이터였다. 함께하지 못한 그 시절을 공유하며 마음에 색동옷을 입혀본다.

모래사장에는 은빛 모래가 햇볕에 반짝인다. 가는 모래를 양손 가득 쥐어보니 보드랍고 따뜻한 감촉이 좋다. 어느새 손가락 사이로 다 빠져나간다.

지난 세월 꽤 열정을 가지고 살았다고 자부해 보지만 그러나 웬걸, 무모한 열정은 소소한 일상을 소홀히 여기는 어리석음을 낳고 말았다. 가장 소중한 순간들을 놓치고 산 셈이다. 손가락 사이로 빠져나간 모래알처럼 모두 허망하게 사라졌다. 손바닥에 붙어있는 몇 개의 모래알은 소홀히 여겼던 피붙이와 옛 친구라 여겨진다. 주먹을 꼭 쥐어본다.

바닷물은 끊임없이 드나들더니 순식간에 해수욕장으로 만들어 주었다. 저만치 실미도가 그림처럼 물 위에 떠 있다. 물은 발아래까지 들어왔다. 얕은 바닷물에서 어른이나 아이 할 것 없이 아쉬움에 텀벙거린다. 바람이 달려와 출렁이는 파도가 되어주었다.

저녁놀이 붉게 물든 해변에서 파도소리, 갈매기 울음소

리를 들으며 모래 위에 나란히 발자국을 찍었다. 하늘과 바다가 만든 풍광 속에서 우리도 한 점 그림이 되었다.

나는 양손을 벌려 동생들의 손을 잡았다. 어머니의 손이다. 동생들의 얼굴을 살펴보았다. 거기에는 어머니의 주름살도 살고 있었다. 싸르르 허망함이 밀려왔다 밀려간다. 막내도 벌써 지천명知天命이다. 이제 모두가 하늘의 뜻을 알만한 나이들이다. 감출 것도 내보일 것도 없는 한배 안의 형제, 이보다 소중한 게 어디 또 있을까. 짙은 군청색 파도가 밀려와 쌓아놓은 모래성을 무너뜨린다. 파도가 밀려오면 오는 대로 삶이 굽이치면 치는 대로 좀 더 많은 시간을 함께 하리라.

우리 웃음소리에서 바다 냄새가 날아다닌다. 復棋

라쿰파르시타La Cumparsita

선착장 불빛이 별처럼 반짝이는 밤이다. 끈적이는 바람
이 옷깃을 잡아끈다.

60, 70년대 버전으로 추억을 부르는 울릉도는 여전히 '다
방'이라 쓰인 간판을 걸고 여행객들을 부른다.

실내에는 귀에 익은 '라쿰파르시타'의 감미로운 선율이
흐르고 있었다. 차가 식는 줄도 모르고 세월을 거슬러 올라
갔다. 일시에 피었다 지는 벚꽃 같은 젊은 날이 내게도 있
었던가. 시간은 세월이 되어 많은 것을 묻어두고 다시 그것
을 꺼내어 보여주니 고마운 일이 아닐 수 없다.

버스는 콩나물시루여서 비포장도로에서 몇 차례 휘청거

리고 나서야 자리를 잡고 발을 붙일 수 있었다. 북새통에서 쪽지를 밀어 넣는 손이 있었다. 짓궂은 얼굴이 싱긋 웃고 있었다. 털어내듯 내던지고 쌩하니 외면해야 나답지 않았던가. 헌데 웃음을 담은 눈, 유난히 짙은 눈썹까지도 호감이 간다. 막 치른 백일장이 일탈을 가져왔나 보다.

호기심 반 장난기 반, 쪽지의 주소로 편지를 보냈지만 뒷일이 난감했다.

1960년대는 4·19혁명, 5·16 군사쿠데타, 월남파병 등 이념의 갈등과 빈곤으로 혼란하고 어두운 시대였다. 얼마나 어렵게 하는 공부인데, 남학생과 펜팔에 정신을 판다는 건 가당치도 않은 일이었다. 통행금지 시간은 밤 12시지만 아버지가 정한 나의 통금 시간은 해지기 전이었다. 편지가 집으로 오는 날엔 호되게 꾸지람 받을 게 뻔한 일이다. 불똥이 튀기 시작하면 학교에 다니는 자체가 위태해질 수도 있는 상황이었다. 그럼에도 한 주가 멀다하고 편지가 오가다니 무모한 용기의 근원이 무엇이었을까? 매일같이 등하교 길에 우체국에 들러 편지 여부를 확인했다. 몰래 먹는 밥이 더 맛있다고 살 내리는 도둑펜팔이어서 더 연연했는지 모른다.

대학생이 된 그는 공부하는 자세나 요령, 시간관리 등 한

동안 전담 과외 선생님 같았다. 긴 강의(?) 속에 '보고 싶다.'라는 짧은 글귀를 살짝 끼워 넣는 날엔 여린 바람에도 파르르 했다. 그런 날은 무지개를 타며 읽고 또 읽었다. 공부하는 요령을 터득해 갔고 새하얀 마음은 연분홍빛으로 물들어 갔다. 체인징 파트너, 앵무새 우는 언덕 등의 팝송도 그를 통해 접하게 되었다.

이곳 울릉도의 찻집에서 새삼스레 들려오는 저 '라쿰파르시타'도 그때 알게 되었다. 유일하게 전축이 있던 친구 집에서 귀를 뚫게 만들던 곡 '라쿰파르시타!' 한 번 더를 반복하던 중 한 친구가 '야 이건 절름발이 탱고다. 딴, 딴, 딴, 따 맞잖아.' 라며 다리를 절룩거리는 시늉을 하여 우리는 눈물이 날 정도로 웃었다. 그 뒤론 '소아마비탱고'라는 우리만의 은어로 부르며 깔깔거렸다.

그를 만날 날은 정해져 있었다. 나의 대학입시 후 다음 날이 약속의 날(D-day)이었다. 수험생을 배려하는 마음이 고마웠지만 그날이 너무 멀어 야속하기도 했다.

입시 막바지에 집안 형편은 더 나빠져서 난 공무원시험을 보아야 했다. 그 자리에 멈춰 서는 느낌이었다. 나만의 어둠에 갇혀 두려움과 맞서야 했다.

오랜 기다림 뒤에 그를 만나던 날 내 눈을 의심했다. 탱고를 춘다며 절룩거리던 친구의 몸짓을 그에게서 보게 되다니, 몸 안의 수분이 다 빠져 물이 마시고 싶었던가. 부풀었던 마음은 바람 빠진 풍선 되어 초라하게 쪼그라드는 느낌이었다. 깔깔대던 모습이 떠오른다. 무작위로 찾아드는 자책과 아픔을 어쩌란 말인가. 세상은 온통 연민의 색으로만 가득했다. 사려 깊고 예리한 눈빛, 따뜻하고 섬세한 마음, 누구에게도 뒤지지 않는 실력, 가슴 떨리도록 그가 소중했다.

바위 같은 침묵을 뚫고 그의 목소리가 들려왔다. 단호한 결별의 선언이었다. 어쩜 처음부터 그리 작정하고 시작했는지도 모를 일이다. 그러나 진학의 꿈을 접고 커다란 상실감에 허우적대던 나는 모든 이유를 거기에 귀결시키려 했다. 못난 가시를 세우고 그가 그어놓은 금 안으로 한 발짝도 들어가지 않았다. 아니 들어갈 수 없었다. 아직도 그의 진심은 모호하지만 내 사랑은 비겁했다.

상처받을 것이 두려웠고 깊이를 알 수 없는 갈등의 시간도 무서웠다. 끝을 먼저 읽어버리고만 추리소설처럼 팽팽했던 감정이 시들해졌는지도 모르겠다. 철없는 열아홉은 그가 느낄 고통의 무게를 알았기에 멈출 수밖에 없었다고 변명을 늘어놓기도 했겠지. 그러면서 모든 책임을 그에게 미루었다.

　이룬 것보다 더 옴짝달싹 못 하게 사로잡는 것이 미완의 그것이었다. 긴 편지를 써서 우체통에 넣고 싶은 날들도 수없이 보냈다. 가끔은 '만약에 그때'라고 가정해보기도 했다. 하지만 그 순간이 바람같이 온다 해도 별반 다르지 않았을 것이다. 형이상학적인 만남으로 승화시키기엔 내 가슴이 턱없이 빈약했으니까.

　울릉도 초원다방 안에는 여전히 음악이 흘러넘친다. 음악은 바뀌고 또 바뀌었다. 유리창에는, 반백에 관절염까지 동반한 황혼의 여인이 어른거린다. 절름거리던 그 모양새로 걷고 있는 내 모습이다. 피식 웃음이 나왔다. 무에 그리 대수였단 말인가. 울릉도의 밤하늘을 올려다보며 심호흡을 해본다. 復棋

사랑보다 진한 우정

현충일을 며칠 앞두고 우리 부부는 대전 현충원을 찾았다. 친구의 비문을 말없이 쓰다듬던 남편은 퀭한 눈을 허공에 둔 채 넋이 나간 듯하다. 반백의 머리 위로 쏟아지는 햇살이 바람에 일렁인다. 고즈넉한 한 폭의 정물화를 마주한 듯 고요하던 가슴이 어느 순간 먹먹해 온다.

고인은 남편의 둘도 없는 친구였다. 피붙이 못지않게 많은 사연과 따스한 정을 남겼다. 그를 처음 만났던 날의 우발적인 사건은 잊을 수가 없다.

어느 따스한 봄날이었다. 친척들이 모인 가운데 정성 들여 약혼식 준비를 끝냈다. 헌데 시간이 되어도 신랑 일행이

도착하지 않았다. 어른들은 의아한 눈빛을 교환했고 아버지 얼굴엔 노여움이 서렸다. 나도 진땀이 송골송골 맺혔고 연분홍 고운 한복 자락이 가늘게 떨고 있었다.

예식 시간 30분을 더 넘기고서야 신랑 일행을 태운 봉고차가 도착하였다. 차가 서자마자 용수철처럼 튀어 내린 친구는 오는 길에 있었던 일을 얼마나 실감나게, 익살스럽게 설명하는지 모두는 그만 웃고 말았다. 경직되었던 분위기는 단숨에 화기애애한 분위기로 바뀌고 풀어 던졌던 아버지의 넥타이는 제자리를 찾았다. 재치 발랄하고 오지랖 넓은 그를 약혼식 날 처음 만나 오늘까지 이르렀다.

"제수씨 접니다." 전화선을 타고 들려오는 그의 목소리는 항상 쾌활했다. 그는 친구들 간의 화해 분위기를 조성하는 분위기 메이커였고 귀찮은 연락은 도맡아 하는 전령이었다. 보훈병원을 제집처럼 드나들면서도 고통이란 친구가 하나 더 생겼다고 허허 웃던 모습이 눈에 선하다.

남편과 고인은 비슷한 시기에 군에 갔고 월남파병부대에 소속되었다고 한다. 훈련 막바지에 예기치 않은 상처를 입은 남편은 대열에서 제외되고 그 친구는 '맹호부대' 용사가 되어 적진으로 뛰어들었단다. 그는 그 전쟁에서 총상을 입었고 화염방사기의 화염을 안듯이 맞았다고 한다. 평생을 상이군인이 되어 국가유공자로 살아가는 모습을 가까이서 지켜보는 남편의 심정은 얼마나 민망하고 괴로웠을까.

독신을 주장하던 그는 40이 되어서야 오래 함께 근무한 직장동료와 결혼하였다. 참 잘됐다고 기뻐하며 마음을 놓았는데 1년여 만에 헤어져 평생을 홀로 지냈다. 겉으로는 멀쩡하고 활달한 사람이지만 실상 전혼의 아픔에서 벗어나지 못한 가여운 남자였다. 신부의 초심이야 보듬어주고 용기를 북돋아 주고 싶은 마음으로 시작한 결혼생활이었으리라. 그러나 너무 쉽게 끝나버리고 말았다. 그는 홀가분하다는 말을 입버릇처럼 달고 살았지만 진심이었을까? 아마도 시린 마음을 다독이는 슬픈 독백이었으리라.

장례식장 분위기는 한산했다. 아내도 자식도 없는 빈소엔 고인의 여동생과 조카들이 상주로 서 있고 몇몇 친구가 한쪽에 앉아 술잔을 기울이고 있을 뿐이었다. 고인은 교육공무원에 몸담아왔다지만 이런저런 인맥을 찾아 부음을 전할 가족이 없으니 친구들이 조객의 전부였다.

빈소에서 친구의 영정을 마주한 남편은 흘러내리는 눈물을 감추지 않았다. 청운의 꿈을 안고 동문수학하던 저들의 한결같은 우정은, 금세 달아오르는 연인들 사랑처럼 호들갑스럽지 않고 피붙이에 대한 정처럼 눈을 멀게 하지도 않는 진정 신뢰를 바탕으로 하는 끈끈하고도 아름다운 교류였다.

부의함 입구가 테이프로 봉해있어 고인의 여동생에게 부의금을 내밀자

'이렇게 와 주신 것만으로도 감사해요. 오빠가 기뻐하실 거예요.'라며 극구 사양했다.

생전의 그답게 깔끔한 마무리가 가슴을 저리게 했다. 한자리에 앉은 그의 여동생은 '오빠라도 한번 안아봅시다.' 하며 남편을 붙들고 울음을 터트렸다. 남편의 뺨으로 또다시 눈물이 흘러내렸다.

고인은 국가 유공자란 미명으로 평생을 외롭게 살았다. 헌데 그것으로도 부족해서 고엽제 후유증으로 발병한 폐암으로 고통 받다 세상을 떠났다. 그가 지고 가야 했던 고통과 한을 누구와 나눌 수 있었단 말인가? 부모 형제도, 친구도, 국가와 민족도, 하물며 이데올로기마저도 대신할 수 없는 그만의 아픔이었다. 흔들리는 의식의 귀퉁이에서 끊임없이 표류하게 했던 전쟁은 누구를 위한 것이었나. 속절없이 죽어간 초병들은 흔적도 없고 오직 전쟁영웅만 있을 뿐이라는 말이 귓가를 맴돈다. 그럼에도 그는 위트와 유머로 아픔을 녹여내면서 오직 하늘에 소망을 두고 살다 홀홀 떠

나갔다.

국가는 그에게 진 빚을 평생 갚는다 했지만 정작 본인에게는 어떤 의미였을까? 이제라도 그의 육신은 편히 쉬고 있을는지….

현충원을 뒤로하고 돌아오는 길, 자꾸 뒤돌아보는 남편의 눈에는 사랑보다 진한 우정이 고였다. 復棋

서글픈 자화상

청명한 가을날, 친구 딸 결혼식에 갔다. 지성과 감성을 겸비한 신부는 꽃처럼 아름답고 의사 신랑은 늠름하기 비길 데 없다. 선망의 눈길을 받으며 결혼예식은 진행되었다. 풋풋한 친구들의 축가는 분위기를 한층 고조시켰다. 순간, 순백의 웨딩드레스가 가늘게 떨리는가 싶더니 두 눈에서 보석 같은 눈물이 반짝인다. 신랑이 가만히 닦아주는 모습을 보며 나도 저 아래로부터 뜨거운 것이 올라오더니 이내 눈물이 주르르 흘러내렸다. 생의 계곡에서 온몸을 다해 절절하게 흘렸던 뜨거운 눈물, 이제는 말라버린 줄 알았던 그 눈물이었다.

곱게 단장하고 신부 어머니 석에 앉아 있는 친구의 표정

없는 모습에 가슴이 아리다. 아기가 되어버린 엄마 대신 혼수는 물론 폐백이며 이바지 음식까지도 손수 준비해야 했던 신부였다. 저 딸아이와 이바지 음식을 준비하며 속으로 삼켰던 눈물이 이제야 터져 나오는가 보다.

그녀는 자신이 운영하는 피아노 교습소와 두 딸이 세상 전부인 듯 살았다.

오직 딸아이를 성공시키기 위한 일념으로 개인지도를 위해 매주 버스 편으로 서울 오르내리기를 십수 년이었다. 바이올리니스트를 꿈꾸는 딸의 인생이 이류가 되면 어쩌느냐며 옷 한 가지 소품 하나 허투루 챙기지 않고 키웠다.

딸아이는 타고난 재능과 엄마의 정성으로 음악가의 길을 탄탄하게 가고 있다. 시향의 단원으로 굵직굵직한 행사에 초빙되어 뛰어난 연주 실력을 유감없이 발휘한다. 아름다운 선율, 절도 있는 몸놀림, 꿈속에서인 양 그윽한 표정, 눈짓과 고갯짓으로 단원들을 이끌어가는 탁월한 예술적 감수성은 청중의 가슴을 설레게 한다.

연주가 끝나기 무섭게 침 튀기며 자랑하던 모습이 지나치다 싶었는데 이제는 그때 그 모습이 그립다. 처음에는 길을 자주 잃어버리더니 시나브로 한 가지씩 잊어간다. 지나온 풋풋한 웃음, 애잔한 눈물, 함께 나눈 사랑, 주고받은 말들, 모두를 잊어간다. 오늘도 순한 아이처럼 앉으라면 앉고 서라면 서는 신부 엄마를 바라보는 마음은 조마조마했다. 어떤 돌발 상황도 일어나지 않기만을 바라면서.

그녀에게 딸은 삶의 의미이고 자존심이었는데 오늘 이 모습이 무엇이란 말인가? 내면에 삭이지 못했던 감정의 찌꺼기가 쌓이고 쌓여 저리 높은 벽이 되었을까.

'친구야, 저기 좀 보렴. 네 사랑하는 딸이 고운 신부가 되어 멋진 신랑과 함께 서 있지 않니? 너를 가두고 있는 그 벽을 부숴버리렴. 그러면 네가 누구이며 네가 사랑하는 것이 무엇인지 보일 거다.'

그녀는 껴안으면 그냥 바스라질 것만 같다. 헤설픈 모습으로 하나씩 둘씩 잃어가기만 한다. 이렇게 날마다 조금씩 잃어가다가 더는 잃을 것이 없어지면 어쩌나, 의사 사위에게 기대를 모아본다.

망각은 신이 어리석은 인간에게 준 은총이라고 한다. 그러나 절대로 받지 말았어야 할 선물인지도 모르겠다. 내가 누구인지, 내 가족이 누구인지, 자신이 살아온 행로 전체가 통째로 삭제되는 죽음보다 더 깊은 나락이 망각이 아니던가.

세상이 점점 복잡해지니 스트레스가 많아서인지 건망증

환자가 늘어난다. 나이가 들면 어쩔 수 없이 몸은 약해지지만 정신력만큼은 붙잡고 살 수 있다고 생각한 건 오산이었나 보다. 비길 데 없이 정신력이 강하시던 내 아버지도 말년에는 손자를 아들로 착각하던 모습이 떠오른다. 참으로 기막힌 일이다.

망각에서 오는 치매는 천형이 아니다. 노화에 따른 자연적인 현상일 뿐이다. 그렇다고 그냥 내버려둘 수밖에 없다고는 하지 않았으면 좋겠다. 꾸준한 자기관리와 운동으로 예방할 수 있고 진행을 늦출 수도 있다고 하지 않던가.

잊어버린다는 건 슬픈 일이다. 따스한 봄날 소꿉놀이하던 기억이 아지랑이처럼 가물거리고, 영원히 변치 말자던 친구와의 소중한 만남이 속절없이 둥둥 떠밀려가고, 어느 날 갑자기 떠나버린 동갑내기 시누이의 얼굴이 안개처럼 뿌옇게 흐려진다. 할아버님 기일이 기억 속에서 널을 타고 남편 생일에 아욱국을 끓이는 어처구니없는 사실을 어떻게 받아들일 수 있을까. 기억의 조각들이 맞출 수 없는 퍼즐처럼 뒤죽박죽일 때의 무력감은 또 어이하면 좋단 말인가.

저물어가는 석양이 아름다운 건 빨갛게 번지는 노을이고와서만은 아닐 게다. 태양의 지나온 여정이 더없이 붉고 장렬했기 때문이리라.

'친구야, 네 딸이 저리 고운 신부가 되어 시집을 간단다.'

다시 속삭여 보지만, 총기를 잃은 눈은 멀뚱히 내 얼굴만 바라본다. 서글픈 자화상으로 다가온다.

연연하지 말자. 이 순간 맑고 또렷하면 그것으로 만족하자. 復棋

4부 괜찮아, 그래도 괜찮아

아이들은 어른들이 먼저 디뎌온 세상의 수많은 빛깔과 냄새 속에서

나름대로 흔들리며 성장해 갈 것이다

괜찮아, 그래도 괜찮아

- '얘들아 너희가 나쁜 게 아니야'를 읽고 -

비행 청소년을 선도하기 위해 13년간 밤거리를 헤맨 일본의 한 고등학교 선생님이 그동안 만난 아이들과의 이야기를 엮은 책이다. 그는 책에서

'나는 학생을 절대로 야단치지 않는다. 아이들은 모두 꽃을 피우는 씨앗이라고 생각하기 때문이다. 만약 꽃을 활짝 피우지 못하고 그대로 시들어 버리거나 말라버리는 아이가 있다면 그것은 분명 어른들의 잘못이다. 아이들은 피해자일 뿐이다' 라고 말했다.

여기 그의 내용을 좀 더 살펴볼 필요가 있다.

"저, 도둑질했어요."

"괜찮아."

"저, 원조교제 했어요."

"괜찮아."

"저 죽으려고 손목 그은 적 있어요."

"괜찮아."

.

.

.

"죽어버리고 싶어요."

"하지만 애야, 그것만은 절대 안 돼. 우선 오늘부터 나랑 같이 생각해보자."

나는 '괜찮아.'라는 넉넉한 말은 무책임한 부모들이나 하는 직무유기쯤으로 생각하며 팍팍하게 살아왔다.

성경에 방종한 자식들을 엄하게 훈육하지 못하여 몰락한 대제사장 가문의 이야기를 마음에 두었다. 내 아이들은 훌륭하게 키워야 한다는 강박관념으로 매사에 빈틈없는 잣대를 들이대며 남들보다 우뚝하기만을 주문한 듯하다.

어린 것이 편협한 어미 마음에 들어보려고 얼마나 마음 고생을 많이 했을까. 때론 거짓말도 해야 했으리라. 그럴 때마다 불에 덴 듯 펄쩍 뛰며 아이를 닦달했다. 지그시 한쪽 눈을 감아 주는 여유 같은 건 아예 없었다. 무모한 열정이 어린 마음에 상처를 내는 줄도 모르고….

이제는 나도 크고 아이도 컸다.

아이들이 살짝 거짓말을 하며 머리 굴리는 모습도 사랑스럽게 보아줄 나이가 됐다. 나는 자식들에게 속죄하는 마음으로 '괜찮아'를 말할 줄 아는 어른으로 거듭나 보리라 다짐하면서 청소년 상담을 시작했다.

보호관찰소에서 처음 상담을 시작하였을 때 아이들 가슴에는 숱한 고민과 슬픔이 담겨 있다는 것을 알았다. 한창 밝고 명랑하게 자라야 할 아이들이 아파하고 있다. 대부분 어른이 어른답지 못할 때 아이들은 고통을 겪고 있었다.

'흔들리지 않고 피는 꽃이 어디 있으랴' 라는 도종환 시인의 시구가 생각났다. 아이들은 어른들이 먼저 디뎌온 세상의 수많은 빛깔과 냄새 속에서 나름대로 흔들리며 성장해갈 것이다.

처음 결연되었던 소년은 상대의 관심을 역이용하여 규범에서 벗어나곤 했다. 내 태도로 보아 그래도 될 것 같아 응석을 부렸는지도 모를 일이다. 나는 그런 소년을 끝까지 품어 주지 못했다.

이 책의 저자 마즈타니 오사무선생은 자신의 손가락 하나를 자르는 대가로 폭력조직에서 학생을 빼냈다고 한다. 내게도 그런 진심이 있었다면 무슨 수를 써서라도 그 소년을 끌어안았을 것이다. 지금도 그 소년을 생각하면 명치끝이 아프다.

두 번째 결연 학생은 말이 없었다. 수줍음 많은 산골 소년처럼 낯선 이방인의 행동을 엿보다가는 이내 숨어버리곤 하여 나의 애를 태웠다. 소년에게 필요한 건 누군가의 따뜻한 온기였다. 옆에서 지켜봐 주고 가끔 등을 다독여 주는 상대, 같이 밥 먹고 함께 웃어주는 아주 소박한 관심이 필요하다는 걸 알았다. 나는 정기적으로 소년을 만나 '그래 괜찮아'를 반복하며 옆에 있어 주었다.

어느 날 소년은 홍수에 범람하는 강물처럼 걷잡을 수 없는 눈물을 쏟아냈다.

'선생님, 이 세상에 제 편은 아무도 없어요.' 커다란 등을 들썩이는데 나도 모르게 아이를 끌어안고 함께 눈물을 흘렸다.

나는 그날 소년의 가슴에 체증처럼 쌓인 불신의 더께가 벗겨져 나가는 것을 보았다. 눈물은 진정 때 묻지 않은 언어였다.

그 후 소년은 서서히 세상과의 벽을 허물고 감당하기 버거운 울분과 슬픔을 조금씩 삭이더니 열심히 공부하여 원하는 대학에 들어갔다. 만나면 헤어지지 않는 인연이 있을까만 소년과도 마지막 만남의 날이 왔다. 소년은

"제가 결혼하게 되면 식장에 꼭 선생님을 모실게요." 하며 씩 웃었다.

고마운 일이다. 하지만 나는 참석하지 않으련다. 즐겁고 행복해야 하는 날 가장 아픈 과거를 떠올리게 될 테니까.

後棋

부메랑

어버이날, 자식들이 왔다. 들고 온 선물꾸러미에는 사랑과 정성이 가득하다. 뿌듯하고 행복한데 왜 자꾸 눈물이 나는지 모르겠다.

살아오면서 나는 몇 번이나 부모님을 살뜰하게 챙겨드렸던가. 어버이날이 와도 그저 바람결에 전화 한 통으로 스치기가 일쑤였다. 어쩌다 변변치 못한 선물이나 가벼운 봉투라도 내미는 날엔 출가외인이니 시부모에게나 잘하라 하시면서도 화색이 돌던 모습이 마음을 시리게 한다.

오늘은 어버이날인데 어버이들의 눈물이 강을 이룬다.

삶이 흔들린다. 지층에서부터 어지럼증이 올라온다. 천

재天災인 줄 알았는데 꼬리에 꼬리를 물고 드러나는 실체들이 무섭기만 하다. 반만년을 면면히 살아오면서 얽히고설키고 이지러진 정치, 경제, 문화가 저 진도 팽목항을 통하여 적나라하게 그 바닥을 보인다. 아비들의 분노, 애간장을 녹이는 어미들의 호곡 소리, 단장의 아픔이 하늘을 찌른다. 악귀 같이 휘감아 도는 검은 물속 어디에서 천금보다 귀한 내 새끼, 그 아까운 살점을 건져 올린단 말인가.

운동화를 가지런히 놓고 기다리는 어미. 아들이 좋아하는 피자를 올려놓고 차마 미음을 넘기지 못하는 아비, 교복 차림의 앳된 영정 앞에서 오열하는 이들이 차라리 부러운 어버이의 마음을 어이할꼬. 노란 리본의 물결이 아무리 흔들린들 온 천지를 다 메운들 위안이 될까. 사랑하는 아들아 딸아 어서 와서 얼굴이라도 만져보게 해 주렴.

오늘 자식들이 들고 온 선물꾸러미에서 팽목항 아이들의 마음이 보인다. 그 아이들 부모의 마음도 무겁게 매달려 있다.

그간 우리는 잘 먹고 마시고 누리며 흔들거리며 살아왔다.

우리가 만들어 놓은 법질서가, 발 디디고 선 터전이 금이 가고 틈이 나 균열의 씨앗이 자라는 줄도 모르고 거드름을 피우며 방종하고 방일한 나날로 굴러왔다.

삼풍백화점이 붕괴하고 성수대교가 무너질 때 하늘의 경고로 겸허하게 받아들이고 반성(회개)하면서 궤도를 수정하여야 했다. 이번 사고가 그 거울이라고 너나없이 목소리 드높이지만 어떻게 수습하고 어떻게 고쳐야 하는지에 대하여는 묵묵부답이다.

장개석 총통은 국민정부 시절, 만연한 부정부패를 척결하기 위해 사랑하는 며느리를 극형에 처하는 모습을 보여 개혁에 성공했다고 한다.

그야말로 지도력과 의무감의 부재가 한국 사회를 깊이깊이 가라앉힌다.

나는 오늘, 생떼 같은 생명 펴보지도 못한 꿈나무들을 죽음의 구렁텅이로 몰아넣은 가해자가 되었다. 누구 하나 아니라고 발뺌할 어른이 있을까. 유구한 역사 중 오늘 이 시대의 어른이 가장 부끄러운 모습으로 그려질 거라고 어떤 이는 통탄한다.

하늘 아래서든 하늘 밖에서든 한 생명의 무게를 달 수 있는 저울은 없다. 세상에 하나뿐인 귀중한 생명, 천하를 주고도 살 수 없는 비싼 생명인데….

'국가가 국민을 보호하지 못하면 그것은 국가가 아니다.'라고 야무지게 말했던 음성이 맥없이 허공을 가른다. 누구

를 탓할까. 돌아온 부메랑에 이마를 찢어 흐르는 피를 주체
치 못하는 게 우리 현실이다.

　훌쩍 커버린 손자 녀석이 나를 감싸 안아 다독이고 문을
나선다. 곧게 자란 녀석의 미더운 어깨에서 소망을 본다.
희망의 출구는 먼 데 있는 게 아니었다.
　'아이들 구하러 가야 해, 끊어.'라는 마지막 말을 남긴 세
월호 사무장님,
　'걱정하지 마. 너희부터 나가고 선생님 나갈게.'라고 외
쳤던 단원고 선생님,
　'너희 다 구하고 나도 따라 나가겠다.'며 구명조끼를 양
보하던 여승무원, 구명조끼를 친구에게 던져주고 또 다른
친구를 구하기 위해 몸을 던진 학생, 반장의 책임으로 다시
선실로 들어간 학생, 구조하다 순직한 해경, 민간 잠수사
등등. 이들은 거대한 슬픔에 빠져 허우적대는 대한민국에
소망의 줄을 던졌다.
　그들이 던진 희생과 헌신이 깊은 감동의 파장을 타고 우
리 민족의 가슴으로 돌아오고 있다. 復棋

찰리의 여운

공군 17전투비행단 견학의 기회가 왔다. 가까이서 본 육중한 전투기의 날개에 달린 미사일과 폭탄의 모습은 다가가기 두려웠다. 내가 사는 청주에는 비행장이 있어 요란한 폭음을 내며 날아다니는 비행기는 자주 보았지만, 오늘 이렇게 전투기를 마주하고 보니 또 다른 느낌이 들었다. 더구나 이곳은 지형적으로 남한의 중심에 있고 공군의 중추적 역할을 맡고 있다고 하니 나도 모르게 손에 땀이 고인다.

친정아버지는 일제 강점기에 태어나 태평양 전쟁과 민족상잔의 격동기를 대나무같이 사신 분이다. 마지막 두어 달은 시간과 공간을 초월한 자유인으로 살다 가셨다. 어느

날은 갑자기 눈을 동그랗게 뜨고 갈라진 소리로

'폭격이다. B29가 떴다. 빨리 숨어라.'라고 외치기도 하셨다. 아버지의 잠재된 정신세계에서는 아직 전쟁 중이셨나 보다.

6·25전쟁 당시만 하더라도 비행기는 공포 그 자체였다. 요란한 소리는 전쟁의 공포와 직결되고 그것이 수시로 악몽으로 되살아나곤 했다. 하지만 나는 아버지만큼은 괜찮으신 줄 알았다.

오늘 그토록 두렵고 무서웠던 비행기를 가까이서 보고 직접 만져보니 두려움 반 호기심 반이다.

비상 대기실도 견학하였다. 건장하게 생긴 전투 조종사가 상황설명을 해 주었다. 지금이라도 비상출격 명령이 떨어지면 몇 분 이내 적기와 전투를 해야 한다고 설명하였다. 연평도 포격 사건 때에는 조종사들이 비행기에 올라앉은 채 비상대기를 했다는 말에 등이 오싹해졌다.

'아, 여기야말로 최전방이구나!'

나는 갑자기 전쟁터에 가까이 와 있는 것만 같다는 생각이 들었다.

6·25전쟁 때 남편은 피란을 가서도 밖에 나가 뛰노는 철부지 아이였다고 한다. 그날도 굴렁쇠를 굴리며 놀다가 비

행기의 굉음에 놀라 집으로 달려가 보니 집은 훨훨 불에 타는데 할아버지 할머니는 동생들을 안고 뛰어 나오고 누나는 피투성이가 된 어머니를 잡아끌며 오열하고 있더란다. 모두가 살겠다고 피란 가는 판에 폭격 맞은 며느리와 손자의 신음을 싣고 되돌아오는 할아버지! 죽어도 내 집에서 죽으리라는 한 가지 일념은 어떤 색이었을까. 끊어질 듯 이어지는 신음도 무서웠지만 할아버지의 충혈된 눈에 서린 광기는 섬뜩했다고 한다. 눈길에 소가 멈추어 서면 거기에는 반드시 주검이 있더란다. 눈을 헤치고 꽁꽁 얼어붙은 시신을 치워야만 소는 걸음을 옮겨놓았다고 한다.

남편에게 있어서 전쟁의 기억은 공포였고 목숨을 걸고라도 막아야 한다는 강박관념을 심어 놓았는지도 모른다. 그러한 전쟁을 막기 위해 비행단의 젊은이들이 밤낮을 가리지 않고 훈련을 하고 비상대기를 하고 있었다. 젊음도 푸르지만 푸른 제복을 입고 있는 전투 조종사는 한없이 듬직하고 잘생겨 보였다.

오늘 견학을 직접 계획하고 안내를 맡았던 교수님은 비행이 끝나고 나면

'오늘도 무사히 비행을 끝냈구나!' 하고 안도의 한숨을 내쉬게 된다고 했다. 그렇게 매일 생사를 넘나들며 맡겨진 임

무를 다하고 있는 모습을 볼 때 내가 사는 평온한 하루가 공짜로 얻어지는 것이 아님을 깨닫게 된다.

언젠가 여행 목적으로 들렀던 이스라엘의 전쟁학살기념관이 떠오른다. 거기에는 당시의 치욕과 고통을 적나라하게 드러내는 자료들이 생생한 모습으로 진열되어 있었다. 나는 그때 묵중한 돌 하나를 가슴에 안은 느낌이었다. 어린이 추모관에 들어서니 깜깜한 실내에 별들이 반짝였다. 더듬거리며 좁은 난간 다리에 오르려는데,

"차~알~리~이~ 요~한~ …"

소리가 긴 여운으로 귓전에 휘감겼다. 희생당한 아이의 이름 하나하나가 별이 되어 불리고 있었다. 무한 반복으로 영원에 닿을 때까지 부르고 또 불린다는 설명이다. 그들은 이렇게 후손들에게 그때를 기억하게 하며 애국심을 돋우어 주고 있었다.

추모관 다리 위에서 듣던 소리의 진동, 온몸에 솟아오르던 아린 소름들. '용서는 하되 잊지는 말아야 한다.'는 푯말이 어찌 이스라엘만의 것이라고 하겠는가.

지금도 이 땅에는 전운이 감돈다. 내 아들딸을 다시 사지

死地로 내몰 수는 없는 일이다. '인류가 전쟁을 종식하지 않
는다면 전쟁이 인류를 파멸시킬 것이다.'라는 케네디의 말
이 여전히 유효한 시대에 우리는 살고 있다. 특히 같은 조
상의 피를 받은 남과 북, 북과 남은 진정 따뜻한 가슴을 열
었으면 좋겠다.

　언제쯤이 될까, 우리는 함께 살고 있을 것이다. 그 언제
인가가 오늘 지금 이 순간이기를 간절한 마음으로 기도해
본다. 지금도 '찰리'의 여운은 귓가를 맴돈다. 復棋

꿈

수면이 잔잔하다. 사방으로 운무가 피어오른다. 이상하다. 언제부터 이곳에 있었는지, 여기는 어디인지.

우리는 길고 뾰족한 배에 앉아 노를 젓고 있었다. 구령에 맞추어 팔의 힘을 조절하며 호흡까지도 완벽하게 하나되어 조정경기에 임하고 있었다.

'일심동체가 되어야 한다. 지구력과 인내심을 충분히 발휘해야 한다.'

낯익은 오빠의 음성도 들린다. 어디서부터 불어왔는지 커다란 바람의 손이 등을 밀어준다. 배는 물살을 가르며 미끄러지듯 전진한다. 선두를 추월하려는 순간, 갑자기 멈추어 선다. 힘껏 노를 저어보아도 헛수고였다.

"잠버릇도 고약하지"

어렴풋이 남편의 음성이 들린다. 아 꿈을 꾸었구나.

손을 뻗으니 배낭이 만져진다. 내일은 TV 화면에서만 보았던 래프팅을 가기로 한 날이다. 동강에서 급한 물살을 타며 노를 저어보리라는 기대와 설렘이 가슴 가득이다. 상상의 나래를 펴며 소풍가는 아이처럼 가방을 머리맡에 놓고 잤다. 그런데 뜬금없이 조정경기 꿈을 꾸다니….

친구 오빠가 조정경기 선수여서 응원하러 몰려다녔고 가끔은 미사리 경기장에서 노를 저어보기도 했다. 조정경기는 키를 잡은 리더가 모든 판단을 한다. 선수들은 하나가 되어 구령에 맞추어 끈기 있게 노를 저으면 된다. 물살을 가르며 미끄러지듯 앞으로 나아갈 때는 하늘을 나는 기분이었다.

래프팅 경기는 다르단다. 팀원 한 사람 한 사람이 장발적長髮賊 환경변화에 대응할 수 있는 즉흥적 대응력과 자율적 판단력이 필요하다고 한다. 그렇담 래프팅을 간다는데 왜 조정경기 꿈을 꾸었을까. 노를 젓는다는 공통점 때문일까. 모를 일이다.

다시 잠이 들었다. 얼마나 지났을까. 신음이 저절로 나온다. 무어라 표현할 수 없는 기분 나쁜 통증이다. 출발시

각에 늦지 않으려고 한밤에 응급실을 찾았더니 급성충수염
(맹장염)이란다. 빨리 수술하란다. 이럴 수가! 그럼 래프팅
은? 간밤의 꿈(夢)은 영몽靈夢이었나!

　꿈(夢)을 꾼다.
　나는 어려서부터 유난히 꿈을 많이 꾸었다. 꿈속에서도
꿈을 꾸던 즐거운 기억, 손가락 끝 하나 간격으로 뒤따라
오는 괴물을 피해 납덩이같은 다리로 죽어라 도망가던 무
서운 꿈, 높은 데서 떨어지는 꿈을 꾸면 키가 자란다지만
오금이 저리던 기억이다. 특히나 급해서 발을 동동 구르다
볼일을 보고 나면 요가 축축했다. 지워버리고 싶은 기억이
었다.

　꿈(希望)도 꾼다.
　래프팅을 가고 싶다는 식의 일상적인 꿈이 있는가 하면,
때론 로또에 당첨되는 유의 허무맹랑한 기적을 몰래 꿈꾸
며 묘한 웃음을 흘리기도 한다. 뿐만 아니라 이 나이에도
장래에 무엇이 되어보고 싶다는 야심 찬 꿈을 꾸기도 한다.
지금도 뭔가 새로운 꿈을 꿀 때 가슴이 뛰고 온몸에 활력이
넘친다.

꿈(希望)은 꾸라고 있는 것이고 누구의 방해도 받지 않고 마음껏 꿀 수 있어 참 좋다. 꿈은 꾸는 자의 몫이고 꿈을 꾸는 이에게는 길이 열리기 마련이라지만 막연히 붙잡고만 있다면 공상일 뿐이다.

추락하는 것에는 날개가 없다지 않던가! 내 안에 두려움과 타인의 부정적인 조언을 걷어내지 못하면 그 순간 모든 것은 끝난다. 소중한 꿈이 블랙홀에 빨려 들어가듯 순식간에 자취를 감추어 버린다. 불가능을 가장 설득력 있게 역설하는 사람은 경험이 없는 사람인 경우를 종종 본다.

꿈은 실행하기 위하여 꾸는 것이다. 나는 나에게 주문한다. 네 꿈에 순서를 정해 줄을 세우라고….

맹장 수술을 한 다음 해 여름에는 기어이 동강 래프팅에 다녀왔다. 물살을 타던 그날의 희열은 아직도 내 몸 속에서 꿈틀거린다. 오래 망설이던 작가의 길도 지금 가고 있다.

꿈(希望)에 날개를 단다.

일단 뛰어 봐야 경기에서 이길 수 있듯이 밤을 지새워 자판을 두드리며 날개를 펄럭인다. 이 순간에도 한 편 한 편의 작품 속으로 훨훨 날아다닌다.

아주 가끔은 '내가 지금 왜 이런 고생을 하는 거지?'라는 질문을 자신에게 던질 때가 있다. 그러면, 내면 깊은 곳에서 들려오는 소리가 있다.

'너는 꿈을 펼치고 싶기 때문이야.'라고.

'그대 가슴에서 뛰는 심장의 고동 소리가 멈추기 전까지는 아무것도 늦지 않았다.'고 말한 롱펠로우의 말을 떠올리며 가슴에 손을 얹어 본다. 심장이 뛰고 있다. 뭔가 새로운 꿈을 찾아 나서는 것은 지금 내가 해야 할 또 하나의 과제이다.

나는 오늘도 꿈(夢)을 꾸고, 꿈(希望)꾼다.

오늘은 내 남은 인생이 시작되는 소중한 첫날이다. 꿈으로 열어가는 하루에 날개를 단다. 復棋

인고의 눈물

여행을 떠날 때는 설렘 반 기대 반으로 가슴이 뛰기 마련이다. 다녀와서는 나른함에서 오는 피로감에 현실인 양 여행인 양 모호함에 취해 삭히고 우리며 얼마간은 그 세계에 빠져 지내게 된다. 그러나 오늘 본 거제포로수용소의 모습은 오직 아픔이고 연민이며 진한 슬픔만이 가슴을 울렸다.

6·25전쟁 당시 거제도를 포로수용소로 정한 이유는 육지에서 멀지 않아 수송이 쉽고 섬이라 도주의 염려가 없는 데다 따뜻한 남쪽이기 때문이라고 한다. 희멀건 하늘이며 출렁이는 바다, 어쩌라고 눈에 들어오는 모습마다 싸한 통증이 되어 묵직하게 밀려오는지.

누군가의 아들이고 가족인 젊은이들이 사방이 물 벽인 수용소에 갇혀야 했고, 생사를 가름하는 절박함 속에서 강제 노동까지 당해야 했다니. 지난밤 잠 못 들고 뒤척인 이유가 오늘 이 모습의 예시였던가.

내가 살던 마을에는 작은 교회가 있었다. 지금도 기억이 선명한 박 전도사님이 계셨다. 그는 고향인 함경도에서 신학교에 다니다 인민군에게 끌려가 동족을 향하여 총부리를 겨누는 공산군이 되어야 했다니 그 마음이 오죽했을까.

영화 '태극기 휘날리며'의 또 다른 모습이었다. 잔인한 전쟁은 그에게 상처를 입혔고 포로가 되어 이곳 거제도 포로수용소로 이송되었다고 한다. 최인훈의 소설 '광장'은 펼쳐져 있었고, 밀실의 잔혹함 역시 곳곳에 도사려 무자비한 폭동이 일어나고 많은 사상자를 냈다. 심지어 유엔군 포로수용소장인 돗드 준장을 납치하는 사태로까지 몰고 갔다니 상황이 짐작된다.

저 하늘, 저 바다는 당시 상황을 기억이나 할까! 전쟁보다 더한 공포는 박 전도사님을 비롯한 순진무구한 청년들을 얼마나 커다란 공포로 휘감았을까, 온몸이 오그라든다. 그런 속에서도 '자유가 아니면 죽음을 달라'는 일념으로 자유를 선택했던 그분은 다행스럽게도 자유의 품에 안길 수 있었다.

그는 자유롭게 신앙생활을 할 수 있는 것만으로도 충분히 보상받았다고 했다. 혼자 사는 모습이 안쓰러워 결혼을 권하면 북에 처자식이 있다며 단번에 거절했다. 그런데 그분을 사모한 나머지 생병을 앓는 처녀가 있었다. 나이 차이도 많은 데다 포로 출신 상이용사라는 사실도 개의치 않았다. 부모님은 가당치도 않은 일이라며 격노하셨지만 아무도 그녀를 말릴 수 없었다. 이 일로 교회는 심한 비난을 받게 되었고 동네 청년들은 교회를 향하여 돌을 던지기에 이르렀다. 그는 사태를 수습할 수 없어 조용히 사표를 써놓고 종적을 감추었다. 그녀는 죽기를 각오하고 식음을 전폐하였다. 우리 아버지를 비롯한 마을 사람 몇몇이 백방으로 찾아다니다 서울의 모 교회에서 청소부로 일하는 그를 만나게 되었다. 가장 낮은 자리 깊은 골방에서 자신을 들여다보며 단련하고 계셨으리라. 아마 수용소의 또 다른 방이었으리라.

교회의 중직들은 양쪽을 찾아다니며 설득하여 어렵사리 결혼을 성사시켰다. 그는 아내의 헌신으로 신학교를 졸업하고 목사님이 되었다. 여주 모 교회에서 모범적인 목회를 하는데 어느 날 갑자기 퇴임했다고 한다. 알고 보니 마을에 정신이 온전치 못한 처녀의 배가 점점 불러오자 사람들이 지목한 아기 아빠가 목사님 아들이었단다. 아들은 아니라고 펄쩍 뛰었지만, 목사님은 조용히 퇴임하고 아기를 데려왔다. 수많은 박해와 조롱을 고스란히 받으면서도 사랑과 정성으로 아기를 키웠다. 양심의 가책을 느낀 아이 아빠가 다섯 살배기 아이를 데려가면서 목사님은 다시 강단에 서게 되었다. 세월은 잘도 흘러 박 목사님과 아버지는 오십 년지기 친구가 되었다.

아버지 장례식장에 초췌한 노인 한 분이 부축을 받으며 들어오셨다. 박 목사님이었다. 전쟁 때 잃은 한쪽 눈이 의안인 것은 알았지만 다른 눈도 이 정도인 줄은 몰랐다.

아버지의 영정을 마주하고 앉자마자 어깨를 들썩였다. 굵은 눈물을 뚝뚝 떨어뜨리며 진한 아픔을 소리 없이 토해냈다. 나는 고맙기도 하고 그분의 삶이 스쳐서 소리 없이 함께 울었다.

내가 서 있는 포로수용소에 목사님의 젊은 모습이 어른거렸다. 피로 얼룩진 민족상잔의 흔적에 그의 피도 배어있겠지. 인간이기를 포기하고 목숨을 부지했던 절박한 상황을 어떻게 견디셨을까. 몸이 자꾸만 흔들린다. 이름 붙일 수 없는 아픔이 저 밑에서 시작하여 온몸을 마구잡이로 흔들어대기 때문이다. 얼마나 많은 젊은이가 이곳으로 끌려와 피눈물을 흘렸을까! 손이 잘려 나간 듯, 팔이 떨어져 나간 듯 단절의 고통을 지고 살아야 하는 이산가족들의 애절함은 또 어떤 빛이었을까.

순간 목사님께서 흘리던 눈물의 의미를 알 것 같았다. 물론 아끼던 친구를 보내면서 흘리는 진한 눈물이겠지만 한생을 살아오면서 깊은 곳에 묻어놓았던 회한이나 울분까지 다 토해내는 의식이었다는 것을 오늘 여기 와서 눈으로 보고서야 비로소 깨닫게 되었다.

아마도 일평생 서리서리 쌓인 한을 쏟아내는 카타르시스의 시간이었으리라. 어디 박 목사님뿐이었을까, 수많은 이들의 인고의 세월은 어디에서 끓고 있을까? 내 나라, 내 땅 한반도 곳곳에 서리서리 눈물로 엮였으리라.

어느새 낙조가 빛을 잃고 희미해져 간다. 마음이 조급해진다. 늦기 전에 박 목사님을 찾아뵈어야겠다. 復棋

자연에 대한 인간의 예의

제주 절물 휴양림이 한눈에 들어온다. 어느새 녹음은 짙어가고 작은 풀꽃도 제법 물이 올라 탱탱하다. 도시의 원색에 피곤해진 눈을 녹색의 물결로 씻어 내니 나도 모르게 그렁그렁 눈물이 고인다.

폭신한 흙길을 밟는다. 달착지근한 산소가 콧속을 간질인다. 그리웠던 곳이다. 다시 와보고 싶었던 곳이다. 그동안 무던히 숲을 찾아다녔음에도 늘 산이 그립고 푸름에 목마른 나는 아예 여기에 뿌리내려 살고 싶다.

삼나무가 키 자랑을 하며 쭉쭉 뻗어 올라 구름을 이고 있다. 처음에는 감귤나무를 보호하기 위해 방풍림으로 심겼으나 이제는 대단지 자연 휴양림이 되었다. 바다에서 불어

오는 시원한 해풍과 절묘한 조화를 이뤄 초여름인데도 시원하다 못해 한기마저 느껴진다. 깊게 드리운 숲 어디에선가 삼삼오오 행복한 웃음소리가 바람에 뒤섞여 날아간다.

얼마쯤 더 올라가니 피톤치드phytoncide 산책로라는 커다란 표지판이 서 있다. 건성으로 흘려듣던 피톤치드란 말이 성큼 다가온다. 숲에만 들어서면 느끼게 되던 쾌적함의 근원이 그것이었다.

피톤치드는 식물이 주위의 병균으로부터 자신을 보호하기 위하여 발산하는 자기 방어물질로서 공기까지도 정화해 준다고 한다. 그 공기를 마시면 몸속의 균들을 선택적으로 살균하고 살과 피도 맑게 해준다는 해설이다.

울창한 숲에 들어서기만 해도 정신이 맑아지고 몸이 거뜬해지는 것을 보면 굳이 피톤치드니 음이온을 들먹이지 않아도 치유의 효과가 있다는 걸 단박에 알아차릴 수 있다.

조물주는 이 땅에 생명을 보내면서 이중 목적을 부여하셨나 보다.

삼나무들은 자신의 생명을 지키기 위해 피톤치드를 발산하는 주체적 목적성과 숲을 정화하여 맑은 공기를 생성하여 모든 생명을 회복시키는 상대적 목적성을 이루며 순환한다. 자연은 선한 파문을 일으키며 이웃을 돕는다. 보이지 않는 신의 손길이 자연 안에 있음을 새삼스럽게 느낀다.

나무 위에서 무언가 펄쩍 뛴다. 청개구리가 나방을 덮치는 순간이다. 보호색으로 몸을 숨기고 나뭇잎인양 엎디어 있다가 먹잇감이 포착되면 순식간에 낚아챈다. 녀석의 한 끼 식사는 주위의 생명을 해충의 피해로부터 보호해주는 행위이기도 하다. 신기하게 이런 먹이사슬도 돌고 돌아 자연을 건강하게 살아있게 한다.

하물며 인간일까 보냐. 사람 인人자를 보면 두 획이 의지하고 서 있다. 서로 협력하고 보완해 가야 하는 본연의 자세를 일깨운다. 인간관계는 물론 대자연과도 더불어 살라는 의미로 인지된다.

돌이켜 보면 사람과 자연은 잘도 어우러졌다. 자연은 사람을 제 자식처럼 품에 안아 주었다. 물난리의 공포를 오색 찬란한 무지개로 달래주었고 흉년이 들어도 도토리는 키워 주었다. 불 난 자리엔 고사리를 모 붓듯 내 주었고 광풍이 넣어주는 산소는 물속 생명을 살찌워 주었다.

인간 또한 자연을 향하여 그 예를 다 갖추었다. 산과 바다, 오래된 바위나 나무를 노부모 모시듯 조상님 대하듯 했고 들풀이나 나무, 새와 들짐승과 이웃해 살았다. 이른 새벽 찾아온 까치도 반가운 손님이요 구렁이조차도 조상으로 대우했다.

인간의 수명은 길어야 백 년이다. 천 년을 살아온 노송의 곁가지에도 못 미치는 시간이 아니던가. 언제부터인가 인간은 억겁의 세월을 지켜온 자연에 실로 기고만장이다. 인간의 두뇌로 자연의 순리에 맞설 수 있다는 오만이 애꿎은 칼날을 들이대기 시작하더니 나무를 베고 산을 도륙하고 물길도 결딴냈다. 그 상처가 고스란히 인간에게 돌아와 더불어 신음만 높아가는데도….

하지만 자연은 탁월한 복원 능력을 타고났다. 이만큼 잘려나갔다 싶으면 어느새 저만큼 생살을 만들어 낸다. 인간은 그저 경외심을 가지고 가만히 지켜보기만 하면 된다. 무엇을 해준다고 어쭙잖게 나서지 말고 그냥 두면 될 일이다. 인간이 자연에 예의를 갖추는 날 살맛나는 세상은 와 있으리라.

한라산의 맑은 정기가 흘러내린다는 약수를 한 바가지 들이켜고 나니 새로 태어난 듯 가벼워진다. 어느새 그렁그렁 고였던 눈물이 씻겨 내리는 듯하다. 나는 사방을 둘러보며 주변의 나무에도 물 한 바가지를 나누어 주었다. 저들도 눈물 거두기를 바라는 마음으로. 復棋

좋은 때

며칠 전 어느 모임에서 '당신의 인생에서 가장 좋은 때가 언제였나?' 라는 질문을 받았다. 그냥 가볍게 '지금'이라고 대답하고 돌아와서 조용히 곱씹어본다. 현실에 좀 더 긍정적인 의미를 두고 싶어서 한 말인데 다시 생각해도 별반 틀린 대답은 아닌 것 같다.

돌이켜보면 열 손가락으로는 다 셀 수 없는 내 가족들을 돌보느라 하루를 25시간으로 알뜰하게도 사용하며 살아왔다. 시어른들의 대소사, 시동생들의 결혼, 분가 등 그야말로 바닥이 보일 때까지 원 없는 지출도 해 보았다. 어디로 튈지 모르는 공처럼 다양하게 나를 놀라게 하던 자식들도 이제 어엿한 사회인이 되어 나름대로 제 몫을 감당하고 있다.

언제부터인가 역할에 대한 의무로부터 조금씩 자유로워
지면서 나 자신을 들여다보게 되었다. 이제부터라도 자신
을 위하여 살아보자. 그러나 연리지처럼 얽혀있는 우리라
는 삶 속에서 나를 분리해 낸다는 것은 무리수였다. 굳이
떼어낸들 별수 있을까? 이 모습 그대로에서 나를 찾아보자,
고심한 끝에 나만의 일을 갖기로 하였다. 약간의 과정을 거
쳐서 어린이집 동화할머니가 되었다.

어느 날 읽고 있던 책에서 이런 글귀를 보았다. '영어선
생이 수학을 못 하는 것은 흠이 아니다. 그러나 영어선생이
영어를 못하면 창피한 일이다.' 아니 창피한 정도가 아니라
직무유기라는 말이 맞는다. 그렇다면 동화 수업을 하는 나
는 동화에서만은 전문가가 되어야 하지 않겠는가! 마음이
급해진다.

나는 무씨와 배추씨를 잘 구분하지 못한다. 만일 아이들
에게 무씨와 배추씨 구분하는 법을 가르쳐 주어야 한다면
내가 먼저 배워야 한다. 직접 심어보고 스스로 깨우치는 법
이 가장 좋은 방법이다. 책을 읽거나 물어보면 당장 알 수
있지만, 말에는 힘이 없다. '무씨래 배추씨래' 이렇게 밖에
는 말해 줄 수 없다. 그러나 심어보고 난 뒤에는 자신 있게
"무씨다. 배추씨다."고 말할 수 있다.

그래, 기초부터 다시 시작하기로 하자.

충북대학교 평생교육원에 등록하였다. 수필창작, 동화구연, 웃음치료 세 과목에 욕심을 내보았다. 다른 과목도 그런 편이지만 특히 동화구연반의 수강생들은 자식들보다 젊은 학생들이 태반이었다. 그들과 함께하는 과정에서 힘은 들었지만, 흥분도 되고 보람도 느꼈다. 국가자격시험을 치러야 한단다. 머리가 낡아서 쉽지 않을 거라고 안타까워하면서도 손에서 책을 놓을 수가 없었다. 어쩌면 좋담! 이해는 되는데 암기가 전혀 안 되는 것이 문제였다. 그러나 한편 얼마나 감사한 일인가. 인생의 봄, 여름을 보내고 가을도 깊어진 길목에서 향학열에 불타고 있는 내 모습을 본다는 게.

한 단원 한 단원 이해력을 총동원하여 차곡차곡 짚어나가다 보니 줄기가 잡히는 것 같다. 된다 싶으니까 탄력을 받는다. 젊은 날의 열정이 되살아나는 신선한 기분이다.

조바심하며 기다리던 합격을 확인하니 몸과 마음이 새털처럼 가벼워진다. 몇 개나 되는 자격증을 어디다 사용할 것인지는 아직 알 수 없다. 어쩌면 사용할 일이 없을지도 모르지만 가슴이 뿌듯하게 차오른다.

"어머니 축하해요. 역시 우리 어머니세요."

"내가 합격한 걸 보면 수험생 거의 다 합격하였을 거야."

말은 그렇게 하면서도 어깨가 으쓱한다.

세월은 유감하여 자식들은 이제 나를 돌볼 태세이다. 건강을 위하여, 라는 명분으로 잔소리가 이만저만이 아니다. 남편은 요즘 들어 많이 달라졌다. 얼마쯤 가사를 분담해 주기도 한다. 편안한 친구처럼 되어간다. 이만하면 지금이야말로 가장 여유롭고 행복한 때라고 감히 말할 수 있지 않을까? 연리지처럼 함께 누리는 기쁨이다. 슬픔은 나누면 반이 되고 기쁨은 나누면 배가 된다 했던가.

찌릉 찌릉~ 문자 메시지가 왔다.

고영옥님은 학업상 수상자이오니 수료식에 꼭 참석하
시기 바랍니다. 충북대학교 평생교육원.

문자를 보는 눈이 커지는가 싶더니 나도 모르게 입가에 환한 미소가 피어난다. 내게는 지금이 가장 좋은 때라고 자신있게 말하리라. 後棋

5부 혈류를 찾아서

어떤 간섭도 끼어들지 못하는 이 가공할 순간에

나는 그야말로 순전한 아기가 되어 발가벗었다

혈류를 찾아서

이번 제주여행에는 '뿌리 찾기'라는 명분을 세웠다.

제주에 도착하면서 제일 먼저 만난 건 바람이었다. 가는 곳마다 억새의 춤사위는 바람의 존재를 유감없이 보여 주었다. 해마다 가을이 오면 억새길 산행을 꿈꾸곤 했는데 운 좋게 억새와 꿈같은 밀월을 보내게 되었다. 제주에는 전통가옥의 지붕을 이을 만큼 억새가 흔하다더니 산굼부리, 섭지코지의 억새가 바람을 맞는 모습은 그야말로 장관이었다.

어느 가수는 서걱대는 억새의 춤을 으악새가 슬피 운다고 표현하여 가을의 서정을 더하지 않았던가. 억새를 흔드는 바람, 온갖 풍상에 시달린 구멍 난 돌, 거기에 나 또한 한 폭의 삼다도를 만들어낸다.

오름이 듬성듬성 누워있다. 용눈이오름 정상에 올라 드넓은 평원을 바라보자니 바람이 심하게 방해한다. 쾌청한 날씨임에도 잠시도 바로 서 있을 수 없게 흔든다. 저만치 성산 일출봉도 흔들리며 다가온다. 나도 어느새 한 줄기 바람이 되었으므로 개의치 않고 몸을 맡겼다.

　순간, 발끝으로부터 온몸을 휘감아 도는 기운에 사로잡힌다. 세상에 태어나 처음으로 대면한 아버지의 아버지들, 그 혈맥血脈의 거대한 흔들림 앞에 나는 무릎을 꿇었다.

　마음을 추스르고 개벽신화의 터전인 삼성혈을 찾았다. 고씨의 시조가 솟아올랐다는 구멍이 선명히 눈에 들어온다. 내 피의 원류인 고을나, 내 아버지의 딸로 태어나게 해 주신 시조始祖의 흔적 앞에 마주 서니 감회가 독특하다. 특히 고을나는 이곳 제주를 다스리는 왕으로 세워졌다니 나는 오늘 왕족이라는 자부심을 가져본다.

　조상님들의 열정이 얼마나 뜨거웠으면 온갖 풍상이 휘몰아쳐도 일 년 내내 고이거나 쌓이는 일이 없는 그야말로 성스러운 혈로 이어져 내려올까. 주위에 수백 년 된 고목의 가지들도 저리 몸을 낮추고 삼성혈을 향하여 신비한 자태로 경배하고 있으니 이 신성함은 어찌 인정하지 않을 수 있으랴.

조선 중종 때에 이곳 삼성혈에 단과 비석을 세우고, 주위에 울타리를 쌓아 해마다 봄, 가을이면 예를 다 하여 제사를 모시고 있다니 벅찬 감동을 애써 여민다.

내 두 발은 이루 말할 수 없이 공손한 자세로 천천히 다가갔다. 순간 몸이 휘청한다. 아니, 마음마저 휘청거리게 하는 이 기운의 정체는 무엇인가. 빨려드는 것 같은 강렬한 느낌은 또 무엇인가! 내가 빨려든 걸까 조상의 기운이 내게로 옮겨진 걸까? 물아일체의 순간 의식도, 호흡도, 무의식의 상태인양 원시의 냄새, 원시의 빛깔, 원시의 순간 앞에 맞닥뜨린 거다. 어떤 간섭도 끼어들지 못하는 이 가공할 순간에 나는 그야말로 순전한 아기가 되어 발가벗었다.

왜 하필 이곳이었을까? 지구 위 수많은 땅덩어리, 그중에서 한 핏줄로 면면히 이어오던 한반도, 그 땅의 백두대간을 지나 태백산맥을 흘러 여기 한 몸이고자, 한 땅이고자 몸부림치는 나라의 끝, 제주를 택하셨을까. 사방을 에워싼 생명력이 넘치는 바다와 바람의 기상은 건국의 목재로 마땅한 것이었을까.

제주는 명나라의 칭기즈칸이 탐내던 땅이란다. 중국도 그렇지만, 일본은 대륙으로 뻗는 발판으로 삼으려 했으니 그들로부터 끊임없이 침략을 받았다.

지난한 세월 제주인들은 역사를 거스르며 이무기적 삶에서 용으로 승천하기까지 얼마나 많은 피를 흘렸을 것이며 얼마나 큰 아픔을 가졌을 것이며, 얼마나 많은 상처를 간직하고 있을까. 계수할 수 없는 침략에서는 물론 성난 바다에까지 지아비를 잃어야 했던 여인들의 한인들 오죽했을까. 육지 것과는 결혼도 말라던 할머니의 할머니들의 피맺힌 절규에도 그곳 아가씨들은 철도 기관사의 아내가 되는 것이 꿈이었다고 하니 육지로 나가고 싶은 여인네들의 몸부림이 싸한 통증으로 다가온다.

　　손가락으로 다 셀 수 없는 외침의 아픔과 상처로도 견디기 어려운데 같은 민족에게마저도 홀대를 당해야 했다. 제주 땅은 예로부터 대역 죄인들의 귀양지였고 왜곡된 역사는 4·3항쟁 등의 수많은 고난을 겪어내야 했으니 그 고통의 세월은 하늘과 땅만이 알고 있으리라.

　　무구한 세월 앞에 묵묵히 견뎌 오신 조상들의 역사가 지금 여기 내 눈앞에서 억새를 뒤흔들고, 짓찧어진 현무암으로 들끓으며 울부짖고 있다. 연기자 고두심에게는 그녀만의, 오직 그녀만이 표현해 내는 연기력이 있다고 한다. 역사를 이어오면서 수도 없이 치러내야 했던 제주 고씨의 한으로….

고을나의 강인한 정신은 고난과 역경 속에서도 의연하게 바람과 벗하고 현무암을 다스리며 오늘 동양의 하와이라 불리는 아름다운 제주를 세웠다. 억새의 춤사위를 만들어 내는 제주의 바람은 청청하게 살아 있는 고을나의 깃발을 힘차게 흔들어 주리라.

내 몸속에 흐르는 피를 확인하기 위해 출렁이는 비췻빛 물 한 바가지를 가슴에 담았다. 그 위에 고을나의 깃발을 꽂고 떨어지지 않는 걸음을 떼어 제주를 뒤로했다. 復棋

선구자, 허난설헌

산이 높아 계곡이 깊고 물소리 맑은 숲의 고장 강릉, 해송의 웅숭깊은 자태 사이로 고풍스러운 솟을대문이 열려있다. 빨려들 듯 문 안으로 들어서니 능소화가 살며시 고개를 내민다. 운치 흐르는 고택에 조심스럽게 피어난 능소화. 그 위에 호랑나비 한 마리가 나풀거렸다. 봉당으로 쏟아지는 뜨거운 햇살이 나비의 날개 위에서 춤을 춘다. 나비는 내 귓가를 몇 번 맴돌더니 문을 나선다. 나비에 홀리기라도 한 듯 나도 모르게 나비를 따라 나섰다.

　　나비는 허균·허난설헌 생가 앞으로 펼쳐진 그들의 기념 공원으로 날아가 허난설헌의 조각상 앞에 머문다. 책을 손에 든 채 먼 하늘을 응시하며 사색에 잠겨있는 시선을 따른다. 나는 그 어떤 공감대라도 찾아내 그녀의 사상에 편승해 보고 싶었다. 생각은 시·공을 초월하여 나비처럼 훨훨 그녀의 세계로 날아간다. 휘리릭 나비가 나는가 싶더니 뜨거운 입김을 내뿜으며 '기다리고 있었는데, 왜 이제야 왔느냐'고 그녀가 말을 걸어오는 것 같았다.

조선 중기 예조참판을 지낸 허엽은 아들 성, 봉, 균, 딸 초희와 더불어 허 씨 5문장이라 칭송을 받았다. 시대를 초월하는 가치관, 미래를 보는 열린 눈을 가진 뛰어난 가문이었다. 허초희는 8세에 『광한전백옥루 상량문』을 쓴 신동으로 어려서부터 길쌈이나 바느질보다는 글 쓰고 말타기를 좋아하는 걸출한 아이였다.

여성에게 존재감은 물론 이름마저 없던 시대에 아버지께 받은 이름 초희, 난설헌이라는 '호'에다 경번이란 '자'까지 가진 시대를 앞서간 당당하고 주체성 있는 여성이었다. 그러나 혼인과 동시에 관습에 얽매인 평범한 조선 여인이 되어야 했다. 뛰어난 문재 며느리를 시새움 하는 시어머니의 학대와 아내를 보듬기는커녕 외도를 일삼은 무심하고 무능한 남편은 그녀의 삶을 나락으로 떨어뜨리기에 충분했다.

붓을 들고 시를 쓰던 손에는 바느질과 길쌈이 들려졌고 여자라는 이유만으로 글을 쓰는 자체를 핍박받아야 했으니 이상을 추구하던 그녀의 의식세계가 얼마나 피폐했을까.

엎친 데 덮친 격으로 당쟁으로 몰락해가는 친정의 불운에다 애지중지하던 두 자녀를 잃는 단장의 아픔을 겪어야 했으니 그 한인들 오죽했을까.

특히 동생 허균은 소설 속 '홍길동'의 입을 빌려 탐관오리를 규탄하고 빈민을 구제하였으며, 시대를 초월하여 해외 진출로의 꿈을 가진 인물이었다. 조선은 너무나 비상한 그를 수용하지 못하고 역모의 죄를 씌우고야 말았다.

그녀에게 탈출구가 있었다면 활화산처럼 넘쳐흐르는 시혼의 분출이었다. 고통 속에서 건져낸 처절하도록 아름답고 보석처럼 빛나는 '몽유광상산시'를 읊어 본다.

푸른 바닷물이 구슬바다에 스며들고(碧海侵瑤海)

파란 난새 채색 난새와 어울렸구나(靑鸞倚彩鸞)

부용꽃 스물일곱 송이 붉게 떨어지니(芙蓉三九朶)

달빛 서리 위에서 차갑기만 하여라(紅墮月霜寒)

고택에 발을 디디는 순간부터 내 주위를 맴돌던 나비는

그녀의 넋인 듯, 하소연인 듯 끊임없이 귓가에서 너울거린다. 피안의 시간을 거슬러 아픈 역사를 암암리에 일깨워 주는 듯하다.

나는 마음을 다해 그녀에게 물어보았다. 당신의 시심은 현대인도 따르지 못할 만큼 월등한데 같은 강릉의 문재인 신사임당보다 왜 당신의 존재는 미미하냐고. 뜨거운 바람을 뚫고 훅훅 찌는 그녀의 탄식은 날갯짓으로 나를 뒤흔든다. '나는 유교의 폐습에 얽매이지 않고 시대를 앞선 시를 쓴 것이 문제였고, 아들을 일찍 잃는 불운으로 설 자리가 없었노라'고.

그녀는 시대를 거스른 게 문제였단다. 주관이 뚜렷하고 감정 표현이 솔직하여 자아의 욕망과 희로애락을 노골적으로 묘사했다. 남편에 대한 절절한 그리움마저도 속되다 하던 시절에. 게다가 그녀는 자식들을 일찍 잃었기에 지지해 줄 든든한 기반도 없었다.

그에 비해 신사임당의 예술세계는 아녀자에게 허락된 유교 법도 안에 있었기에 빛을 발할 수 있었다. 아들 이율곡의 깊은 학문과 곧은 성품은 어머니를 현모양처의 자리로 우뚝 세워주었다. 후손의 지갑을 넘나드는 지폐의 얼굴이 될 만큼.

날씨보다 내 가슴이 더 타들어 갔다.

문우들은 작품세계를 탐구하고 사진을 찍는 등 분주한데 나는 한 마리 나비된 난설헌의 소리 없는 소리에 귀를 기울이며 또 다른 역사 속으로 거슬러 올랐다. 그녀는 세가지를 탄식했다. 첫째는 조선에 태어난 것이요, 둘째는 여자로 태어난 것이며, 셋째는 김성립의 아내가 된 것이라고.

서슬 퍼런 봉건사회에서 나라를 탓하고 남성이라는 높고 견고한 벽과 대결을 펼친 대책 없이 당찬 여성이었다.

그런 그녀는 조선 사회의 법과 관습의 질곡 속을 끝내 살아내지 못했다. 스물일곱 송이의 연꽃이 떨어진다며 한 많은 짧은 생을 마감하고 말았다.

시대를 앞서간다는 것은 외롭고 고단하고 위험한 일이었다. 선구자적인 한 가문의 몰락은 이 나라의 역사를 뒷걸음질치게 했다. 내 입에서 흘러나오는 한숨과 함께 타임머신을 거슬러 온 그녀의 자취는 사라지고 한 줄기 바람만이 귓가를 스친다.

나는 시대를 앞서가는 그 무언가를 찾는 일은 엄두도 못냈고 요즘 젊은 여성들처럼 당당하게 살아보지 못했다. 시시각각으로 변하는 세상에서 어지럼증만 더해갔다. 그럴 무렵 허난설헌을 알게 되었다. 그녀는 내게 신선한 열정을 주었다. 난 그녀처럼 뛰어나지도 못하고 명문가문의 기반도 없다. 정한이 깊거나 경험이 다양하지도 못하다. 그럼에도, 작가의 길에 들어섰다. 도약의 발판을 놓아준 허난설헌, 그녀는 내 생에 선구자의 깃발이었다.

　돌아 나오는 길, 그녀의 넋인 듯 호랑나비 한 마리 너울너울 고택으로 날아든다. 물기 머금은 눈동자에 그녀의 애달픈 날갯짓을 담는다. 復棋

스워드의 아이스박스

상아색 모직 코트를 입을까, 보라색 점퍼는 어떨까, 뭐니 뭐니 해도 까만 슈트가 제격이야. 많지도 않은 옷인데 아침마다 옷장을 뒤적거리게 된다.

삶이란 선택이다. 자잘한 일상에서 시작하여 승용차를 바꾸거나 집을 사는 등의 일은 물론, 평생 함께할 배우자를 택하거나 몸담아 일할 직업을 찾는 데에 이르기까지 모두가 선택이다. 어떤 선택을 하느냐는 한 개인의 문제이지만 한 나라와 한 국가의 삶의 질에까지도 영향을 미치는 경우를 보게 된다. 보통사람의 사소한 선택에도 갈등이 유발되는 경우가 많은데 하물며 지도자가 한 나라를 이끌어감에서의 선택이야 더 말해 무엇하랴.

근세 미국 역사상 가장 횡재했던 사건은 알래스카를 사들인 일이라고 한다. 크림전쟁으로 재정이 바닥이 난 러시아로부터 1에이커당 2센트씩 총 720만 달러에 알래스카를 샀다. 매입 당시에는 얼음으로 뒤덮이고 모피 사냥꾼이나 겨우 드나드는 쓸모없는 땅이었다고 하니 미국 의회와 국민들이 반대할 만도 했다. 하지만 매입을 주도했던 국무장관 스워드는 의회에서

"그 땅에 감추어진 무한한 가치를 사자는 것입니다…. 오직 다음 세대를 위해서 사자는 것입니다."라고 설득했다고 한다. 결국, 미국 의회는 단 한 표 차이로 알래스카를 사들였다.

당시 여론은 아무짝에도 쓸모없는 얼음덩어리를 사들인 국무장관 스워드를 비꼬아

"그 땅은 스워드의 아이스박스이다."

"네 냉장고나 해라."라고 비아냥거렸고 '스워드의 어리석음(Seward's Folly)'이라는 신조어가 생겨나기도 했다. 그러나 알래스카는 불과 20년도 걸리지 않아 그야말로 황금알을 낳는 거위로 탈바꿈했다. 석유와 금이 쏟아지는 땅이요 수준 높은 관광지요 군사적 요충지로 미국을 부국으로, 세계 최강국으로 길러내는 데 한몫을 단단히 해낸 땅이다.

특히 주목할 대목은 미국인들은 알래스카에 스워드 항구, 스워드 홀 게이트, 스워드 빙하 등 스워드란 이름을 붙여 그의 불굴의 정신을 기리며 지도자로서의 자질을 높이 평가하고 있다는 사실이다. 반대했던 의원들이나 비난했던 국민들은 이런 결과를 어떻게 받아들였을까? 어떤 선택을 하는 데에는 결단과 용기, 뛰어난 안목이 수반되어야 한다는 사실을 배우게 된다.

둘째 아들은 어려서 몸이 약했다. 키도 덩치도 작아 학교에서는 언제나 앞자리에 앉았다. 작기는 하지만 어려서부터 남다른 고집과 뚝심이 엿보였다. 엄마의 눈은 지도자의 꿈을 그렸다. 3학년이 되자 아이는 반장이 되었다. 담임선생님은, 같은 학년 선생님들이 부러워할 만큼 똑 부러지게 잘한다고 만날 때마다 칭찬이셨다. 아이는 자라면서 다양한 재능으로 주위의 화제가 되기도 했다.

고등학교에 들어가자 대망의 서울대 입시반에 뽑혔다. 나는 이제야 제 길을 잘 가려나 싶어 집중적으로 뒷바라지하기로 마음먹었다. 기대와 꿈에 부풀어 열심히 간식을 날랐다. 3학년이 되자 토요일 저녁에 집에 와서 하루 자고 주일날 아침에 바로 그룹에 합류해야 했다. 문제는 선생님의 따가운 눈총이었다. 매주 교회에 갔다가 점심때가 되어야 학교로 갔으니 시간이 지날수록 아들과 선생님들의 기 싸움은 점점 더 팽팽해졌다.

입학원서를 쓰는 시기가 되자 신학대학에 가겠다는 자신의 소신을 밝혔다. 사실 교회의 중직인 우리 부부는 마땅히 기뻐해야 할 일이지만 적잖이 당황스러웠다. 목회자의 길이 희생이 따라야 하는 고난의 길임을 누구보다 잘 알고 있는 나는 찬성도 반대도 어려웠다. 게다가 서울대를 포기한다는 건 탄탄대로를 외면한다는 말과 다르지 않다는 생각이 있었기에 인간적인 욕심에서 더 망설였는지도 모르겠다.

교무실에서는 모욕을 주기도 하고 윽박지르는 선생님까지 있었지만, 아들은 의지를 꺾지 않고 신학대학으로 진로를 정했다. 아들의 확고한 신념을 지켜보면서 저 밑으로부터 차오르던 감격을 잊을 수가 없다.

'똑똑한 애 하나 버렸다'시며 혀를 차는 선생님들의 마음을 어찌 모르겠는가, 세상 어느 선생님이 비단길을 외면하는 제자를 보고만 계시겠는가. 정말 이해가 안 된다시며 힐난하는 선생님들은, 얼음으로 뒤덮인 쓸모없는 땅을 사들이는 스워드의 어리석음을 보는 기분이었을 것이다.

난 아들의 선택을 믿었다. 가슴에 품은 비전을 알기에 결국에는 황금의 땅이 되리라는 확신이 있기 때문이다.

비전은 먼 곳을 볼 수 있는 눈이다. 보이지 않는 것까지도 보아내는 지혜이다. 지도자의 비전 차이로 국운이 달라질 수 있음을 알래스카의 역사적 거래는 증명하고 있지 않던가.

스워드의 어리석음을 보는 것 같은 차가운 시선을 받으며 시간은 흘러갔다. 아울러 주위의 눈길, 마음 길은 내 아들을 더 탄탄하게 다져지게 했으리라.

아들은 군목을 거쳐 자신의 길을 잘 걷고 있다. 구부러진 길을 펴는가 하면, 헝클어진 북데기와 가시덤불로 덮인 길 아닌 길도 닦고 있으리라. 혼돈만이 그득한 세상에서 비틀거리는 영혼을 위해 오늘도 작은 빛을 내고 있으리라.

구별된 길, 외로운 싸움을 하며 혼자만이 가는 길, 그 길을 뚜벅뚜벅 걸어가는 아들을 위해 나는 이 순간에도 무릎을 꿇는다. 後記

헨리에타의 봄

겨울 한복판에서 입춘을 맞는다. 보리는 엄동설한에도
자란다. 흰 눈을 덮어쓴 채 밭고랑에 숨어서 삶의 의지를
불태운다. 보리 싹처럼 봄은 이미 우리 마음속에서 파랗게
자라고 있는지도 모르겠다.

『헨리에타의 첫겨울』이라는 동화는 봄을 맞이하는 마음
이 보리싹처럼 담긴 이야기이다.

헨리에타는 아직 아기 다람쥐예요. 엄마는 봄에 하늘
나라로 가셨어요. 헨리에타를 낳느라 너무 힘이 들어서
그랬대요.

숲 속엔 가을이 왔어요. 숲 속 동물들은 열매들을 모으

느라 바빴어요. '헨리에타야, 너도 얼른 열매를 모아 놓아야지. 겨울이 오면 먹을거리가 하나도 남지 않게 돼.' 하고 이웃들이 일러주었어요. 헨리에타는 땅을 파서 곳간을 만들고 열심히 열매들은 모아 곳간을 채웠지요. 그러나 비가 오자 곳간에 물이 차서 다 떠내려갔어요. 다시 곳간을 채웠지만, 이번에는 벌레들이 몽땅 먹어치웠지요. 추운 날씨에 또다시 열매를 모으러 다니는 헨리에타를 숲 속 친구들이 도와주었어요. 곳간은 가득 찼어요. 헨리에타는 매우 기뻐서 친구들을 불러 모아 잔치를 하네요. 친구들은 맛있게 먹고 오래 놀다가 돌아갔어요. 그런데 어쩌면 좋아요! 잔치하느라 열매를 남김없이 먹어버렸네요. 창밖엔 하얗게 눈이 덮여 숲 속 어디에도 열매는 보이지 않았지요. 어떻게 하지? 헨리에타는 금방이라도 울어버릴 것만 같네요. 그러나 한껏 배가 부르니 몰려오는 잠은 어쩔 수 없나 봐요. '우선 잠을 자야지. 아마 눈 밑에 부스러기 열매라도 남아있을지 몰라.' 그리고는 깊은 잠에 빠졌지 뭐예요. 길고도 긴 겨울잠에 들어간 거죠. 그 다음은 어떻게 됐느냐고요? 깨어나 창문을 여니 숲 속엔 벌써 봄이 와 있었답니다.

꼬마들의 얼굴이 환해졌다. 조바심하며 이야기에 취해 있던 녀석들에게 봄소식은 기쁨으로 다가왔나 보다. 눈을 반짝이는 아이들을 마주하고 있으면 파릇파릇 새싹이 돋아나는 봄 동산을 바라보는 느낌이다. 어른들의 상식으로는 곳간에 채워진 열매를 잘 지키면서 겨우내 꺼내 먹으면 되었다. 겨울 양식을 통틀어 잔치를 벌이다니! 이는 계산 없고 욕심 없는 동심에서만 가능한 일이다. 그 동심으로 현실공간을 비유 공간으로 만들어내는 마법 같은 일이 벌어졌다.

실컷 자고 나서 창문을 열자 판타지의 세계가 열렸다. 여기서 창문이라는 매체는 판타지의 세계를 끌어내는 통로이다. 동화의 가장 큰 매력은 이야기 속에 판타지가 숨어있다는 데에 있다.

내가 사는 현실이라는 이 공간과 간절한 바람의 세계인 판타지는 어느 쪽이 더 진실된 세계일까. 눈으로 볼 수는 없지만, 판타지야말로 더 진실하고 가치 있는 세상으로 이끌어 주는 통로라고 생각한다. 시·공을 초월한 3차원의 꿈을 꾸게 하고 모든 가능성을 열어가게 한다. 마음 속에 옹색한 틀을 깨고 형이상학적인 보물창고를 지니게 된다.

내 유년은 가난했지만, 동화책이 옆에 있어서 언제나 부자였고 행복했다. 특히 안데르센 동화집은 상상의 나래를 펴고 훨훨 날게 하였고 꿈을 꾸게 했다. 나는 요즘, 아이들에게 동화를 통해 꿈을 심어주는 일에 정열을 기울이고 있다. 메마른 정서 속에 판타지 공간을 적극적으로 열어주고 싶기 때문이다.

나는 이 동화를 통하여, 잃어버린 본질을 깨우는 심각한 질문을 하게 된다. 과연 나도 아기 다람쥐처럼 단순해지고 가벼워질 수 있을까? 만약에 녀석이 나처럼 전전긍긍하며 끊임없이 곳간을 지켰다면….

진솔한 마음으로 아기다람쥐의 지혜를 대면한다.

물이 차고 벌레가 먹어 곳간의 열매가 모두 사라지는 두 번의 통과의례를 거치는 동안에 삶의 방식이 바뀌었으리라. 어차피 없어질 열매인데 친구들에게 보답도 할 겸 즐거운 잔치를 벌이기로 마음먹었을 것이다.

무수히 거쳐 온 삶의 통과의례, 뼈아픈 상실이 제구실을 하기를 기대해 본다. 내 의지와 상관없이 하고많은 생의 굴곡을 넘나드는 동안 아기다람쥐의 순수는 사라진 지 오래이다. 이쯤해서 아기다람쥐의 방식에 눈을 떠 본다. 더러는 주기도 하고, 더러는 나누기도 하며 오늘 이 순간을 누리면 그만인 것을. 이러다보면 아기다람쥐에게 다가온 판타지가 나에게도 열리지 않을까.

대지에 서서히 눈이 녹는다. 창을 열면 헨리에타에게 보여주었던 새봄이 내 삶으로도 깊이 들어와 있을 것이다.

復棋

더 넓은 세상으로 로그인Log-in

청주대학교에서 '충북장애인 IT 경진대회'가 열리는 날
이다. 충청북도 장애우들이 컴퓨터 실력을 겨루고 어울림
의 장을 여는 축제의 마당이다. 오월의 마지막 날, 우암산
기슭에 터를 잡은 대학캠퍼스는 약동하는 생명의 북받침으
로 수런거린다.

오전에는 정보검색 대회, 오후에는 문서작성, MS 툴, 그
래픽 툴, 타자검정 대회로 나누어 기량을 펼친다. 넓은 홀
에 꽉 들어찬 응시자는 족히 200명은 되어 보인다. 우리 복
지관에서도 정보검색과 문서작성 부분에 참여하게 되었
다. 대부분이 중고등학생이라 40, 50대가 주를 이루는 내
학생들에겐 힘겨운 승부가 아닐 수 없다.

맹학교 친구들이 눈에 들어온다. 응달 속에서 자란 화초 같이 유난히 희고 가녀린 손가락으로 문제를 읽고 타자를 하는 손 모양들이 나비춤을 연상케 한다. 집중하고 몰입하는 모습이 아름답다. 어쩌면 저렇게 시리도록 맑고, 때 묻지 않은 천진한 모습일까. 마음의 눈으로만 세상을 보아서 순백의 영혼이 깃들어 있나 보다.

중증 뇌성마비 친구들은 자신의 의지와 상관없이 머리가 흔들리고 팔과 손이 제멋대로 돌아가 염려스럽기만 하다. 그러나 웬걸? 내 우려와 달리 모니터에는 단정한 글씨들로 따박따박 채워진다. 신기하다 못해 경이로운 느낌마저 들었다. 비틀거리는 육신 속에 누구보다 정갈하고 반듯한 영혼이 보인다. 그간 자신의 입을 열어 다 표현하지 못한 언어가 새파랗게 촉을 세우고 있었다.

영숙씨가 나와 눈이 마주치자 V자를 만들어 보인다. 오른쪽이 불편한 그녀는 왼손으로 거북이 타자를 치고 있을 것이다. 그럼에도 지금 잘하고 있으니 염려 말라는 신호를 보내고 있다. 나는 희망이란 작은 새를 보았다. 희망이라는 파랑새가 저들의 영혼을 향하여 끊임없는 곡조로 노래하며 삶을 북돋운다.

故 김수환 추기경은 머리에 있는 사랑이 가슴으로 내려오는 데 70년이 걸렸다는 고백을 하셨다. 그 말은 나이를 먹어야 사랑을 실천할 수 있다는 말로 들렸다. 나의 작은 미소가, 말 한마디가 누군가에게 위로가 된다면 얼마나 행복할까. 나로 인해 그 누군가가 보람을 느낀다면 살아 볼 가치가 있지 않을까. 주춤거리며 복지관을 찾았고 장애우 컴퓨터 교실에서 작은 봉사를 시작하였다.

첫 시간, 교과과정에 들어가기 전 간단한 놀이를 했다. 얼마나 민망하던지, 너나 실컷 하라는 무표정한 얼굴들, 정말 울고 싶었다. 그래 좋다 기꺼이 망가지자, 이 친구들이 억지로라도 웃을 수 있다면 시나브로 저들의 삶이 즐거워지지 않을까. 그러나 맥이 풀리기를 여러 차례, 견고한 벽 앞에 선 느낌이었다. 눈물의 기도는 이어졌다.

고맙게도 시간은 벽을 허물어 갔지만, 유독 영숙씨만은 다가가기 어려웠다. 조심스럽게 문을 두드려 봐도 굳게 닫힌 마음의 빗장엔 먼지만 쌓여갔다.

복지관에서 '덕진공원'으로 연꽃 나들이를 갔다. 연꽃 사이로 난 나무다리 위에서 관절염 증세가 나타났다. 나는 무릎이 시큰거리고 아프다며 영숙씨의 팔짱을 꼈다. 부축해 주겠다는 손을 뿌리치던 그녀였다. 헌데 좀 부축해 달라고 파고드니 어쩔 수 없었나 보다. 그날, 내내 엇박자로 기우뚱거리며 그녀와 붙어 다녔다. 오후에는 한옥마을에서 한지 공예로 부채를 만들었다. 왼손으로 그림이 잘 그려지지 않자 이번에는 그녀가 웃으며 붓을 내밀었다. 정성을 다해 매화를 그려주는 내 마음에도 매화꽃이 활짝 피어나고 있었다.

컴퓨터 실력도 향상되어 오늘 이 자리에도 미진씨, 영숙씨 등이 참석하고 있다. 이제는 한 계단 높이 뛰기 위하여 다른 시도를 해야 할 때이다. 내가 맡은 기초과정은 여기까지다. 나는 또 다른 영숙씨들과 만나 복기하듯 과정을 반복할 것이다.

내 역할이 당장 불편함을 처리해 주는 데에 그친다면 그건 값싼 연민일 뿐이다. 홀로 서서 세파를 헤쳐 나갈 수 있는 자생력을 길러주는 일이 뒤따라야 한다. 정부와 민간 차원의 뒷받침이 절실하게 요구된다.

'우리는 불편할 뿐 불행하지는 않다.'는 표어가 저들의 고백이 되도록.

시험이 끝나자 축제의 깃발이 나부낀다.

홀로 걷기조차 버거운 몸을 흔들며 질러대는 노랫소리는 차라리 아픔이었다. 흔들리는 의식의 가장귀에서 표류

해야 했던 고난이 터져 나오는 것일까. 축제가 끝나도 오래 가슴에 남아있을 저 목소리들의 처연한 흔들림….

세상 기준으로 본다면 보잘것없는 장기자랑이다. 그러나 노래와 춤을 어우르는 모습이 너무 진지하여 눈을 뗄 수가 없다. 열심히 호응해 주는 보호자와 관계자들의 모습도 감동이다. 헬렌 켈러를 키워낸 설리번 선생이 여기 계셨다면 그 모습도 저랬으리라.

진정한 이해는 다름을 인정하고 배려하는 것이다. 자기 생각을 잠시 내려놓고 상대의 마음을 깊이 바라볼 때, 이해도 소통도 가능해진다. 진심으로 같이 웃고 같이 아파할 때 생겨나는 열매가 사랑이라는 것도 알게 되었다.

마지막 시상식이 이어졌다.

수상자들뿐만 아니라 행사에 참가한 모든 친구가 자신감을 얻는 기회가 되기를 바라는 마음이다. 그토록 열심이던 영숙씨도 수상자들 틈에 환한 웃음을 담고 기우뚱 서 있다. 진심을 담아 큰 박수를 보냈다. 성공은 마술도 행운도 아니다. 강도 높은 노력의 열매이다.

한 사람씩 수상자를 부르면 대부분이 한두 명을 대동하고 나온다. 휠체어를 미는 이, 부축하는 이, 손을 잡고 인도

하는 이, 이런 모습을 보고 있노라니 괜스레 가슴이 먹먹하다. 나는 애써 생각을 바꿔본다. 휘하를 거느리고 입성하는 개선장군의 모습이 이런 것이라고….

컴퓨터를 통해 더 넓은 세상으로 로그인Log-in하여 마음껏 활보하는 저들 모습에서 커다란 가능성을 본다. 부디 희망이란 날개를 달고 더 높이, 더 멀리 꿈을 펼쳐 나아가기를 바란다. 復棋

겨울에 부르는 봄 노래

소년과 만날 시간이 다가오자 살짝 긴장됐다. 옷매무시를 바로 하고 립스틱을 고쳐 발랐다. 표정은 온화하게, 그러나 결코 허술해 보여서는 안 된다. 어떤 친구일까? 힙합 스타일일까, 클래식일까. 첫 인사는 무슨 말이 좋을까. 그러던 찰나, 전화기가 울렸다.

그 아이다. 내심 뭔가 일이 틀어졌음을 직감했다.

"선생님 안녕하세요. 저 ○○이에요. 오늘 못 갈 것 같아요. 저희 아버지가 공장에서 일하다가 손가락이 잘렸어요. 지금 병원에 가고 있어요."

수화기 너머로 다급한 소리가 빠르게 지나갔다. 무슨 일이람, 후드득 공기가 빠져나갔다.

녹기

"얼마나 다치셨어? 어느 병원으로 가는 거니?" 나는 당황하여 허둥댔다.

"아직은 잘 몰라요. 회사 직원들하고 같이 가니까 걱정하지 마세요." 전화는 그렇게 끊겼다.

새내기 심리상담사 때 있었던 일이다. 법무부에 범죄예방위원으로 위촉되어 첫 번째로 연결된 보호관찰 대상 소년과의 통화내용이다. 처음부터 쉽지 않은 상황이다. 어린 게 얼마나 놀랐을까. 안쓰럽기만 하였다.

그대로 있을 수 없어서 주소를 들고 찾아갔더니 집에는 할머니만 계셨다. 행여 모르고 계실 수도 있다 싶어 조심스럽게 말을 꺼냈는데 이야기가 끝나기도 전에 대뜸 이렇게 말씀하셨다.

"애비 금방 점심 먹구 나갔어유. 손가락은 하마 몇 년 전에 잘렸구유."

나는 그만 허탈함에 주저앉을 뻔했다. 소년의 영악함은 나로 하여금 배신감과 연민을 동시에 느끼게 해 주었다.

소년은, 자칫 유혹에 빠지기 쉬운 나이에 절도에 연루되었다. 보호받고 사랑받아 마땅한 아이인데, 어른들의 무모함으로 세상에 내몰려 비행 소년이라는 꼬리표를 달게 되었다. 어찌 분별없는 행동만을 나무랄 일인가! 오늘 우리

사회는 하고많은 비행 청소년을 만들어 내는 데에는 속수무책이면서 오직 결과에만 회초리를 든다. 매정하기 이를 데 없는 현실이다.

　그 아이는 교도소나 기타 시설에 수용되지는 않았지만 보호관찰대상자가 되어 일정한 기간 감독과 지도를 받아야 하는 일이 죽기보다 싫었을 것이다. 담당자를 무조건 거부하고 싶은 마음은 잘 안다. 그러나 보호관찰 기간에는 엄격한 잣대를 들이댄다는 걸 잘 알고 있을 터이다. 조심하지 않으면 불이익을 당한다는 사실을 모를 리 없는데 소년의 대책 없는 무모함에 기가 질린다. 반성하고 자숙하는 마음가짐으로 시작해도 갈 길이 멀기만 한데….

　진심은 통한다 했다. 나는 심리 상담을 공부하는 과정에서 배운 대로 진심으로 믿어주고 공감해 보려고 애썼다. 그러나 현실은 달랐다. 늘 내 예상과는 다르게 갔다. 여러 차례 속아야 했다.

　어린 싹은 자라기도 전에 냉혹한 현실에 이미 생명력을 놓아버렸는지도 모르겠다. 내 힘으로 충분히 녹일 수 있겠거니 했다. 인내하며 보듬으면 싹을 틔울 수 있을 거라고 믿었다. 황량한 들판에도 봄이 찾아오기 마련이다. 아무리 어려워도 봄은 반드시 온다는 것을 믿게 해 주고 싶었다.

그러나 나는 끝내 그 소년을 봄의 문턱 안으로 인도하지 못하고 말았다. 사랑의 기술이 턱없이 부족했나 보다.

의욕만 가지고 시작하는 게 아니었나 보다. 나의 미숙함이 원망스러웠다. 그렇지 않아도 방황하는 소년의 인생에 또 다른 잘못을 한 건 아닐까. 자책하며 가슴을 쓸어내려야 했다. 그러나 첫 번째 실패로 포기하기에는 내 안에 봄을 그리는 마음이 너무 강했다. 다시 새벽을 열어야 했다. 그게 나여야 했고, 나이기를 원했다. 사랑을 표현하는 데에도 기술이 요구된다는 걸 알게 되었다. 적당한 피드백도 필요했다. 새로운 각오로 다시 시도했고 다행히 그 뒤로 내가 맡은 소년들은 보호관찰 기간을 무사히 끝낼 수 있었다. 이제 그 친구들은 생존경쟁이 치열한 사회에서 땀과 눈물로 봄을 맞이하고 있으리라.

오늘이 입춘立春이다. 어느 시인은 입춘을 일컬어 '겨울에 부르는 봄노래'라고 했다. 아직도 날씨는 겨울의 한복판이다. 그래서 더욱 반가운 절기이다. 입춘이 되었다고 성급하게 옷을 얇게 입었다가는 독한 감기에 시달리기 일쑤이다. 그렇다고 봄소식을 늦출 수는 없는 노릇 아닌가? 누구나 다 봄을 느낄만할 때에 전하는 소식은 이미 봄소식이 아니다.

나는 겨울의 한복판에 서면 봄 노래가 부르고 싶어진다. 내일로 가는 희망의 노래를. 상처뿐인 내 '첫 소년'처럼 현실에 절망하는 이들에게 희망의 노래만큼 절실한 것이 어디 또 있을까?

오늘도 나는 희망가를 부른다. 復棋

오솔길 단상

호젓한 오솔길에 들어서면 외출에서 돌아온 내 집같이 편안하다. 작은 나무 한 그루, 지저귀는 새 한 마리에게까지 말을 걸며 속정을 나누게 된다. 몸을 낮추고 길섶의 민 연둣빛 들풀을 들여다보고 있노라면 내 마음의 실금 하나까지도 읽을 수 있을 것 같다.

나는 숲 속 궁전 같은 어린이집으로 동화를 들려주러 간다. 어느 날 차편이 마땅치 않아 숲으로 난 오솔길을 걸어서 가게 되었다. 발에 느껴지는 폭신한 감촉이 편안하다고 생각하며 들어선 것이 시작이었다. 그 후론 매주 이 길을 걸으며 소소한 행복을 누린다.

3년간 이 길을 지났지만 정말 신기하다. 화창한 날과 비오는 날의 느낌이 다르고, 눈 오는 날은 더더욱 다르다. 그런 변화는 나를 달뜨게 한다. 화창한 날이면, 반짝이는 나뭇잎 사이로 햇살이 내려와 내 어깨 위에 머문다. 내 마음에도 햇볕 한줄기 담으면 조금은 따뜻한 사람이 되지 않을까. 비가 오면 우산 속 작은 공간에서의 안락함이 즐겁고 눈이 오면 한 마리 사슴이 되어 눈밭을 내달으며 유년을 추억한다. 스카프를 흔드는 바람은 고정관념을 날려 보내고 부드럽고 창의적인 생각들을 날라다 줄 것만 같다. 지난주에도 갔었고 이번 주에도 가고 다음 주에도 갈 것이지만 아무래도 숲 속 나라로 가는 요술 길인 것만 같다.

계절의 변화는 또 어떤가! 지난 겨울은 유난히 춥고 눈이 많이 오더니 삼월에 또 폭설이 내렸다. 오솔길에 싸리나무가 밀생한 야트막한 등성이를 지날 때는 온몸으로 전율이 흘렀다. 순백의 눈 위에 서 있는 싸리나무 줄기의 검은 선…. 누가 하양과 검정만으로 화려하지만 천박하지 않고 고즈넉하면서도 삭막하지 않은 아름다움을 보여 줄 수 있단 말인가? 태양은 어느 때보다 현란한 빛으로 반사되었다. 난 벅찬 감격을 주체할 수 없어 잠시 걸음을 멈추고 가슴을 쓸어내렸다. 발밑으로부터 스멀스멀 속울음이 자꾸만 올라와 하마터면 소리 내어 울 뻔하였다.

아지랑이 빛깔로 노르스름한 봄 햇살이 퍼지면 흰 눈이 듬성듬성 남아있는 등성이에도 노란 산수유가 꽃봉오리를 터트린다. 끝은 말랐으면서도 밑동 부분에는 어느새 푸름을 당차게 간직한 푸새들의 모습은 여명처럼 밝아오는 희망으로 다가온다. 잎도 피우기 전에 봉긋이 내미는 성급한 꽃봉오리는 깨물어 주고 싶도록 귀엽다.

연초록 물결이 녹색으로 일렁이는 청산으로 변하면 여기 저기서 찔레꽃, 산 목련 같은 흰 꽃이 피어난다. 녹색과 흰색이 어우러져 만들어내는 조화는 이를 데 없이 청초하다.

여름 지나고 붉게 물드는 가을 단풍은 또 어떤가. 아름다움은 모든 가치를 향해 열려 있을 뿐 아니라, 가능성을 제시하여 주고 많은 것을 수용할 수 있는 넉넉함마저 가지고 있다.

옛날 우리 선조는 무명이나 모시를 염색해서 은은하고 고운 색을 만들어 옷을 지었다. 나도 오래전에 아끼던 흰옷이 누렇게 변하여 '다이론'이라 불리는 물감으로 염색해서 입은 적이 있다. 실로 묶어 염색하면 이 모양 저 모양 나타나는 문양에 내 마음도 수를 놓았다. 그런데 옷 두어 가지 물들이는 데 오천 원짜리 물감 한 봉지가 다 들어갔다.

저기 있는 철쭉꽃 한 그루를 인공염료로 물들인다고 생각해 보았다. 색깔은 그만도 못하면서 비용은 하마 얼마나 들까! 겨우내 퇴색한 산등성이 하나를 사람의 의지로 색칠한다면 또 얼마나 막대한 물감이 필요하고 인력이 필요한 것일까? 저 들판 하나를 물들인다면, 단풍이 들면 빨갛게 노랗게 칠하는 작업은 가능하기나 할까? 좀 더 시야를 넓혀 한반도를 인공 색소로 염색한다면 얼마나 큰 비용이 들까? 조물주가 가꾸는 자연의 살림 규모가 얼마나 방대한지 내 머리로는 가늠하기 어렵다. 또한, 그 운영의 치밀함을 어떤 언어로 표현할 수 있을까. 자연은 나의 부끄러움을 말없이 덮어주고 부족함을 채워주는 위대한 어머니이다.

좁은 길에서 개미가 줄지어 가는 모양을 보고 있자니 숙연해진다. 새의 길은 푸른 하늘이고 물고기의 길은 출렁이는 물속이라는 평범한 사실에마저도 감탄한다. 밤하늘을 신비롭게 장식해주는 달과 별에도 길이 있다지 않은가.

내가 걸어온 길을 뒤돌아본다. 남보다 노력하며 산 것 같지만 결국은 다 비슷하게 살고 있다. 희로애락의 순간도, 오욕칠정의 날들도 공평하게 흐르고 흘러 여기에 와있다. 혹여 옹색해진 마음이 있나 살펴본다. 더 비워야 할 때이지 싶다. 비워진 만큼 여유로워지고 비로소 진정한 자유를 만날 수 있을 테니까.

내 마음에도 가장 진실한 나를 만나는 호젓한 오솔길 하나 만들고 싶다. 가끔 고단한 이들이 찾아와 쉬어갈 수도 있는 그런 길을 내고 싶다. 저 줄지어 지나는 개미도, 먼 길 날아온 철새도 고단한 날개 접고 쉬어갈 길, 그러다 보면 창호지 문살에 비치는 달빛 닮은 너그러움을 만날 수도 있지 않을까. 오늘 밤에는 달빛 담아 놓을 가슴 하나 더 준비해야겠다. 復棋

인생의 복기復棋를 수놓으며

인생의 복기復棋를 수놓으며

김홍은 (충북대학교 명예교수)

수필은 오감五感으로부터 얻어낸 인식의 언어를 문장과 묘사로 정감을 준다. 체험을 담담하게 다양한 삶의 의미로 소박하면서도 진솔하게 서정으로 이끌어 사색으로 들려주는 노래다. 수필은 이런 점에서 나름대로 독자들에게 잔잔한 감동을 주고 있다.

고영옥 수필가의 첫 수필집 『복기』는, 5년 동안 갈고 닦은 종심소욕從心所欲에 이른 고희에 펴내는 작품집이다. 한눈 한 번 팔 사이도 없이 살아온 남다른 작가로 글을 쓰며, 어린이들에게는 동화를 가르치는 동화구연가이기도 하다.

수필집 『복기』는 5부로 나뉘어 있으며, 41편이 수록되어 있다. 이들 작품 중 작가가 대표작으로 내놓은 〈복기〉〈멍에〉〈어머니의 안경〉〈혈류를 찾아서〉〈가을 민들레〉〈콘트라베이스〉를 감상하였다. 작품마다 정감 있게 삶이 묻어나는 문장들이 작가를 통하여 동심으로 때로는 심오함으로 마음을 흔들어 놓는다.

〈복기〉는 바둑을 통하여 삶을 들려주는 글이다.

귀여운 손자가 바둑대회에 나가 겨루는 모습을 마음졸이며 지켜보면서 기다리는 할머니의 심정을 담아냈다. 안타깝게도 대국에서 패하고 나온 손자는 할아버지도 할 수 없는 복기를 하겠다함에, 놀라며 바둑을 통하여 인생의 복기까지 표현한 사색적인 문장들이 삶을 뒤돌아보게 하고 있다.

불치하문不恥下問이란 말이 있다. 사람이 살아가다 보면 모르는 것이 있을 때 아랫사람에게 묻는 것을 부끄러워할 필요는 없다며, 손자가 복기를 하겠다는 지피지기知彼知己의 정신으로부터 살아온 인생을 반성하게 하고 있다.

인생을 거대한 바둑판에 비유하면 하루하루가 바둑판 위에 두어지는 한 알의 돌이 되겠다. 살면서 의미가 소멸하지 않은 참된 돌은 과연 몇 개나 될까? 탁월한 선택으로 빛을 보는 순간이 있는가 하면 잘못된 선택으로 손해를 보거나 고통을 받아야 했던 날들도 있었다. 그때 왜 그런 결정을 하게 되었는지를 꼼꼼하게 되짚어 보는 일이야말로 인생 복기이리라.

복기는 너의 눈으로 나를 보는 것과도 같다. 철저하게 객관적 입장에서 그때 그 장면에서 두었던 수가 상대의 눈에 어떻게 비춰졌는지 돌아보면 비로소 실수가 눈에 보이고 완착과 패착, 헛수와 자충수도 선명하게 보인다고 한다. 사람이 제 눈으로 자기 얼굴을 볼 수 없는 것은 남의 눈으로 자신을 살피라는 섭리이리라.

〈복기〉 중에서

작가는 복기로 생각이 끝나지 않고 상대방의 눈으로부터 나의 인생을 반성과 깨달음을 찾으려는 마음을 조용히 표현하고 있다. 성찰 없이 살아온 삶의 궤적이 어쩌면 자신의 얼굴을 바라볼 거울은 멀리 있지 않았을 은감불원殷鑑不遠의 고사처럼 깊은 생각을 한마디로 던져준다.

내 인생의 획을 그을만한 복기는 어느 때쯤이었던가? 같은 실수를 반복하지 않기 위해서 삶의 궤적을 진지하게 점검해 본 적이 몇 번이나 있었던가? 별로 기억나지 않는다. 허겁지겁 앞만 보고 달려왔다는 핑계만 자욱하다. 진지한 성찰 없이 자기 자리만 고집하는 '코나투스conatus'의 욕망에 전도되어 납작하게 대처한 무모함만 돋보인다.

〈복기〉 중에서

〈어머니의 안경〉은 어머니의 유품에 대한 글이다.

어머니가 세상을 떠나신 후 쓰시던 유품으로 많은 물건들이 있었을 것이다. 그 중에서도 어머니의 체취를 가장 많이 담고 있음이 안경이었나 보다.

사람은 누구나 노환이 온다. 시력을 잃어갈 때 안경은 사물을 명확하게 바라볼 수 있게 하여주는 도구로 또 하나의 눈이나 다름없다. 세상을 떠난 어머니의 유품을 정리하면서 마음이 저려왔음을 표현하고 있다.

아홉이나 되는 자식을 키운 '생의 고비에서 삼켜야 했던 인고의 냄새'에 자신도 모르게 눈물이 흐른다는 딸의 심정을 엿들으며 슬픔을 동감케 한다. 어머니! 이렇게 나직이 혼자서 부르기만 해도 가슴이 한없이 저며 오는 듯한 아픔은 알 수 없는 후회만으로 딸자식은 죽음 앞에서야 불효임을 깨닫게 됨을 느끼게 한다.

어머니의 수많은 가르침의 목소리가 이제서 눈물을 타고 가슴으로 흐르고 있음을 조용히 들려주고 있다.

내 기억에 어머니는 늘 아버지 등 뒤에 계셨다. 무조건 순종하고 자신의 목소리를 내지 못하는 어머니를 자식 중 누구도 주목하지 않았고, 어머니 말씀은 그냥저냥 흘려들었다. 그런데 오늘따라 그 말씀이 이리도 무거울까? 궂은 날에

도지는 신경통처럼 내 영혼의 마디마디가 아프다.

　며칠 뒤 어머니의 유품을 정리했다. 장롱 문을 여니 쌓여있는 옷더미에서 어머니의 냄새가 난다. '이크, 노인 냄새.' 하면서도 눈물이 난다. '이런 걸 뭐하러 두었담. 진즉 버리지.' 혼자 타박하다가 또 운다. 별반 정리할 것이 없는 화장대를 보니 더 서럽다. 언제 어머니의 화장대를 눈여겨보았던가. 자식이 아홉이나 되는데 제대로 된 '동동 구리무 cream' 하나 없다. 늘 아버지를 먼저 챙기던 모습 때문에 그랬을까? 자식들에게 어머니는 이처럼 희미한 존재였다.

　수많은 언어가 소리 없이 가슴을 훑고 지나간다. 속 깊이 쌓아둔 어머니의 언어들이…. 나도 모르게 꺼억거리며 어머니에게 묻는다.

〈어머니의 안경〉 중에서

유품을 하나하나 정리하며 평생 당신을 위해선 한 번도 마음 편하게 시간을 보내지 못하고, 항상 남편과 자식들을 먼저 생각하시는 어머니를 떠올리며 희생의 고마움을 생각하기보다는 오히려 원망만 했었음을 뉘우친다.

　어머니의 유품인 안경을 꺼내어 안경다리를 자신에게 맞게 고쳐 쓰고 매무새를 보니 잘 어울린다 하였다. 평소 '어눌하고

굼뜬 모습, 진저리나게 싫었던 엄마의 인내하는' 그 삶을 타박만
했었다. 그러나 오늘은 느낌이 다르다며 이제는 모전여전母傳女
傳으로 모습까지도 싫지 않단다. 어머니 안경을 쓰고 보니 과거
와는 확연히 다르게 세상이 넉넉하게 보인다고 한다. 작가는 어
머니가 생전에 딸네 집에 나들이 오셨던 모습을 잔잔하게 그려
내고 있다.

　　딸 집에 다니러 오신 어머니는 새벽이 어슴푸레 열리면
　　부스럭부스럭 일어나 앉으셨다. 구부정한 등을 쪼그리고 앉
　　아 제일 먼저 안경을 닦으셨다. 깨끗하게 닦인 것 같아도 한
　　참을 더 문지르는 동작에는 정갈한 아름다움이 숨어 있었다.
　　마음을 닦아내듯 구석구석 말갛게 공들여 닦은 후에야 성경
　　을 읽으셨다. 어머니께 새벽 시간만큼 중요한 시간은 없었
　　다. 그 시간은 자식들의 고통이나 아픔, 작은 생채기까지도
　　다독여주는 원초적인 사랑의 시간이었다. 가족들에게 밀어
　　닥치는 어려움을 보다 큰 힘에 맡기는 엄숙한 시간이기도 했
　　다. 생각해보면 어머니 삶에서 새벽이 없었더라면 어땠을까,
　　새벽은 당신이 기댈 생의 안식처였고 피난처였으리라.

　　　　　　　　　　　　　　　　　〈어머니의 안경〉 중에서

〈콘트라베이스〉는 악기의 음률에 빠진 작가의 감동을 들려주는 작품이다.

아름다운 음률은 언제고 사람의 마음을 감동시킨다. 고음은 고음대로 저음은 저음대로 사람의 애간장을 타게도 하고, 가슴을 저리게도 한다. 슬픔에 달하게 되면 눈물을 흘리게도 만든다. 끊어질 듯 이어지는 가냘픈 선율은 사람의 마음을 한없이 흔들어 놓는다. 그 중에도 저음으로 무겁고 정중하게 밀려오는 콘트라베이스는 사람들의 마음을 은근하게 오래도록 사로잡는다.

공자도 제齊나라에서 있을 때 소韶라는 음률을 처음 듣고는 이에 감동하여 석 달 동안이나 고기 맛을 몰랐다며, 음악이 이렇게 지극한 줄은 생각도 못했다고 하였다. 예나 지금이나 누구든 음색音色에는 한없이 빠져들게 마련이다.

언제부터인가는 비올라와 첼로의 또 다른 매력에 취하여 각각의 맛을 알아 가게 되었다. 비올라의 깊이 있는 울림을 듣고 있으면 우울한 것 같으면서도 엄마 품속처럼 편안해 오는 느낌이다. 때로는 괜스레 울음주머니를 자극하기도 한다. 첼로의 깊고 그윽한 울림은 인간의 목소리를 닮은 듯하다. 저음과 고음까지 자유자재로 넘나드는 풍성함이 여유롭다. 가끔은 비올라의 선율을 따라가 보고, 첼로의 선율을 타며 한 마리 나비 되어 날아다닌다. 얕은 실력으로는 미로 찾기와 같이 어려운 일이지만 그래서 더 재미가 쏠쏠하다. 그러다 보니 어느새 내 귀는 나팔꽃이 되어 그들과 이야기를 나눈다.

〈콘트라베이스〉 중에서

음악은 사람의 마음을 같게 만든다(樂者爲同)라는 말이 있다. 소리는 사람을 사람답게 만든다는 깊은 의미를 내포하고 있음이다. 악기는 저마다의 특징을 담은 소리를 지니고 있지만 조화를 이루게 됨으로 화합을 이룬다. 합주合奏의 음률은 웅장하면서도 숭고하고 고고한 감성으로 이끌어간다. 음악도 듣는 이에 따라 그 감성도 느낌도 달라진다고 하겠다.

고영옥 수필가는 콘트라베이스의 음률을 단순히 소리로만 듣지 않고 있다. 콘트라베이스의 음색처럼 어디서나 무엇을 하든 자신이 주위의 배경이 되어 삶에 대한 희망을 줄 수 있는 사람이 되고 싶다 한다. 인생의 주연은 못되더라도 모두를 수용할 수 있는 자세로 임하고 싶다는 생각의 작품으로 돋보인다.

이제는 다르다. 콘트라베이스의 넉넉한 품처럼 말없이 흡수하고 다독여 주는 역할이 내 자리라 여겨진다. 비록 한

몸에 사랑과 박수를 받지 못한다 해도, 내 인생에서마저도 주연으로 나서지 못하는 초라함도, 담담히 맞아들일 수 있는 편안함을 소유하고 싶다. 기꺼이 누군가의 배경이 되어 주기도 하고, 삶이 버거워 숨이 턱에 닿은 이들이 찾아와 쉬어가는 그늘이 되고도 싶다.

콘트라베이스의 여유를 닮고 싶다.

〈콘트라베이스〉 중에서

〈멍에〉는 아버지가 90세 넘도록 손에서 책을 놓지 못하고, 자녀들에게 편지로까지 성경공부를 돌아가실 때까지 포기하지 않고 가르치는 사명을 다하였다는 글이다.

어느 가을날은 딸과 동행하여 백화점에 가서 어머니의 외투를 매장 안에서 제일 좋고 비싼 것을 사셨다. 어머니는 거동이 불편하여 바깥출입도 어려운데, 선물하는 아버지의 마음이 너무 낯설고 당황스러웠다. 생의 마지막 숙제를 치르는 순간 같기도 하였다. 어머니는 이듬해 봄에 세상을 떠나셨다. 그 외투를 입을 기회는 몇 번 안 됐지만, 아내에게 준 마지막 선물 속에 수십 년의 세월을 다 담아 놓고, 아버지는 어머니가 돌아가시고 40일을 더 사셨다.

사력을 다해 힘든 손을 내밀어 일일이 악수를 청하고는 "왔구나. 고맙다. 잘 살아라."

순간 아버지의 멍에가 내 어깨로 내려앉는 느낌이 들었지만 무겁지 않았다는 내용이다.

아내에 대한 깊은 사랑이 담겨있음을 느끼게 하며, 평생을 검소하고 올곧게 살아가신 삶의 교훈을 한마디 멍에로 표현하고 있다. 명심보감明心寶鑑을 펼쳐들고 읽는 느낌이다.

병실을 찾은 가족들 모두 아버지의 이야기를 귀담아들었다. 토씨 하나라도 놓칠세라 촉을 세웠다. 지난 수십 년간 주옥같은 말씀을 하실 때에는 도무지 귀를 기울이지 않더니 이제야 들으려고 한다. 그러나 더 들을 수는 없었다. 그저 몇 마디 하시고는 잠이 드셨다. 평안하게….

나는 파르르 떨리는 손을 들어 머리를 쓸어 드렸다. 이제 그만 멍에를 벗겨드려야 할 때이다. 순간 아버지의 멍에가 내 어깨로 내려앉는 느낌이다. 이상하다. 무겁지 않다. 무거운 것은 다 가지고 가실 셈인가 보다. 다시 평안한 얼굴을 본다.

"이게 저에게 남긴 유산이군요."

나는 대代를 이어 아버지를, 그의 삶을 기꺼이 받아 안았다.

〈멍에〉 중에서

〈가을 민들레〉는 가을에 노랗게 핀 꽃과 씨앗을 보고 추억을 들려준 글이다.

젊은 나이에 홀로되어 어린 아들과 친정살이를 했던 친구가 자녀들을 성장시킨 후 가을 민들레처럼 노랑저고리를 입고 시집을 갔다. 결혼식장에서 어딘지 모르게 측은지심이 어렸지만 몇 년 후 그녀의 이순 잔치에 초대되어 가보니 다복한 6남매의 어머니로 의연하게 앉아있었다. 그녀는 척박한 땅에 억척스럽게 민들레같이 뿌리를 내렸겠다며, 가을 민들레를 삶에 비유한 글이다.

조촐하기는 하지만 허술함이 없는 품위있는 혼례였다. 신랑의 넉넉한 씀씀이, 기품 있는 말씨, 세련미 넘치는 태도로 보아 백마 탄 왕자가 나타났구나 싶어 살짝 부럽기도 했다. 그런데 남편과 나이 차이가 지나치게 많이 나는 걸 알고는 서글픈 생각이 들기도 했다.

몇 년 후 그녀의 이순 잔치에 초대받아 가보니 다복한 6남매의 어머니로 의연하게 앉아있었다. 유순하게 미소 짓는 모습이 토종 민들레처럼 하얗다. 남편의 자식 5남매는 아버지가 외롭지 않은 노년을 보내면 그걸로 만족한다고 했단다. 그런 자식들의 버팀목이 되기까지 그녀는 척박한 땅에 억척스럽게 뿌리를 내렸으리라. 잎을 키워 둥지를 틀었으리라. 가을 민들레처럼 서둘러 꽃을 피우고 사랑의 씨앗까지 날려 보내며 기꺼이 맨몸으로 남았으리라. 그녀의 의지가, 희생의 삶이 보이는 듯하다.

〈가을 민들레〉 중에서

민들레 꽃길에서 씨 맺은 대궁을 꺾어 하얀 솜털을 후후 불면, 꽃씨가 바람 타고 눈송이처럼 날아오를 때는 시를 읊으시던 국어 선생님이 생각난다며, 시낭송하는 모습도 그려내었다. 민들레의 보송보송한 씨앗이 누군가의 마음으로 날아가 고운 꽃으로 피어나기만을 희망한다는 내용을 잔잔하게 담아냈다.

가을의 민들레를 통하여 악착같이 살아남는 끈질긴 인고忍苦의 생명을 꽃씨로부터 살아가는 삶을 은연중에 속삭여 주고 있다.

꿈꾸듯 시선을 창밖에 두고 시를 읊으시던 국어 선생님은 영원한 연인으로 남아있다. 선생님의 부드러운 음성에 풋사과 같은 나의 목소리를 합하여 노래하듯 시를 낭송하는 장면을 그려보기도 했다.

꿈은 꾸라고 있는 것이다.

늦은 나이에 못다 한 염원을 글쓰기에 담았다. 뻐근한 어깨를 두드리며 밤잠을 설치는 날이 부지기수다. 이 간절함은 무엇인가. 어쩌자고 이 열정은 식지를 않는가. 그러다 보니 눈이 먼저 충혈되어 반란을 일으킨다. 내 의지와 상관없이 반기를 드는 몸이 야속하다. 생장이 멈춘 땅에 가녀린 꽃대를 곧추세운 채 마지막 생을 불태우는 가을 민들레는 마치 내 모습을 보는 듯하다.

〈가을 민들레〉중에서

고영옥 수필가는 어린 시절을 바닷가에서 살았다. 착실한 기독교인으로 빈틈없이 바르고 아름답게 인생을 수놓았음을 다양한 수필의 소재를 통하여 알 수 있다. 주옥같은 언어들로 작품마다 깊은 의미를 담아내며, 문장 문장이 섬세함을 느끼게 한다.

수필을 쓰는 일은 뼈를 깎는 일이나 다르지 않다. 작품집 한 권을 내려면 문장 표현 하나에도 수십 번을 썼다 지웠다 하는 세월을 적어도 몇 년을 보내야 한다. 고희에 이르는 작가의 피나는 노력이 남달라 보인다. 개인의 진솔함과 정성이 담긴 수필로 감동을 주며 동감을 함께 하는 수려함이 나타난다.

작품은 그 사람이라고 하였다. 첫 작품집『복기』는 처녀출품이다. 예술은 십 년이 기초라고 하였다. 마부작침磨斧作針이라는 말이 있듯이 다음의 작품집을 읽고 싶다.

고영옥 수필집

초판인쇄 : 2014. 9. 18
초판발행 : 2014. 9. 25

지은이 : 고영옥
펴낸이 : 노용제
펴낸곳 : 정은출판
주   소 : 서울특별시 중구 창경궁로 1길 29 (3F)
전   화 : 02-2272-9280
팩   스 : 02-2277-1350
이메일 : rossjw@hanmail.net
ISBN 978-89-5824-261-1 (03810)

값 10,000원

이 책의 제작비 일부는 충북문화재단기금을 지원 받았습니다.